CONTENTS

婚約破棄された令嬢を拾った俺が、イケナイことを教え込む

美味しいものを食べさせておしゃれをさせて、
世界一幸せな少女にプロデュース！

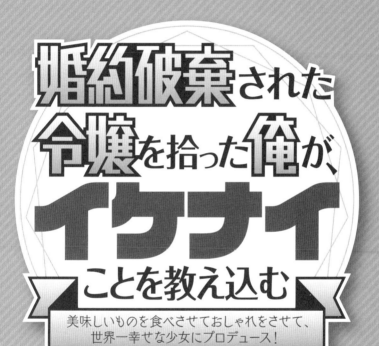

プロローグ

森の奥にたたずむ屋敷。

そこでは今宵もまた、世にもおぞましい調教が行われていた。

「くっくっく……観念するがいい、シャーロット」

カーテンを引き、月明かりすら差し込まない暗い部屋。

そのただ中に蝋燭を持った青年が立っていた。

年の頃は二十代前半。蝋燭の明かりに照らし出されるその面立ちは整っているものの、目つきがやけに鋭い。浮かべる笑みも凄惨なもので、気の弱い女子供が目にすれば悲鳴を上げていたことだろう。

右半分と左半分が、それぞれ黒と白の不思議な髪色。そして血のように赤い目。

長身かつ痩せ型。ボロボロのローブをまとう、典型的な魔法使いスタイルだ。

「だ、ダメです……こんなこと、許されるはずがありません……」

椅子に腰掛けた少女が、彼に震えた声をこぼす。

男より少しばかり年若い、見目麗しい少女だ。

腰まで伸びた金の髪はゆるやかなウェーブがかかっており、瞳は夏の空を思わせるような澄んだパステルブルー。

身にまとうのは一目で上質とわかる絹の寝間着だ。

顔立ちは人形のように整い、体つきも均整が取れていて非の打ち所がなく、溢れんばかりの気品に満ちている。

まさに深窓の令嬢と呼ぶに相応しい少女である。

だがしかし、その美しい相貌は恐怖によって歪んでいた。

暗い部屋の中、彼女の向かうテーブルだけが煌々と明かりで照らされる。

その上にのっているものを見つめながら、彼女はなおも悲鳴を上げる。

「考え直してください、アレンさん！　こんなの、ほんとはイケナイことなんですよ……！」

「ふん。そんなことを誰が決めた？」

アレンと呼ばれた男が、口の端を皮肉げに持ち上げる。

「この屋敷の主は俺だ。そしておまえは俺の支配下にある。主である俺の命令には嫌でも従ってもらうぞ、シャーロット」

「そんな……！」

「ふはは！　泣いて叫んでも無駄なことだ！」

アレンは高らかな哄笑を上げる。

そこには無力な少女をいたぶる喜びが多分に含まれていた。

哀れな少女――シャーロットには、為す術もない。

ただ怯《おび》えを孕んだ眼差しを、テーブルの上に注ぐだけだ。

彼女が抵抗できないのをいいことに、アレンは追い打ちをかける。

「さあ！　早くその…………夜食のラーメンを食らうがいい！」

びしっとアレンが指差すもの。

それは、ほかほかと湯気を立てる丼だった。

白く濁ったスープに浸かるのは黄色い縮れ麺。具材は豚肉をとろとろになるまで煮込んだものと、味付け卵と、メンマなるタケノコの加工食品である。

東方から伝わって最近この国でブームになりつつある――ラーメンという料理だ。

丼から漂うのは、濃厚なスープの香り。

その匂いに責め立てられて、シャーロットの腹の虫がくうと鳴る。

しかし彼女はまだ抵抗の意思を見せた。真っ青な顔で力なくかぶりを振る。

「もうベッドに入らなきゃいけない時間ですよ……！　それなのにこんなコッテリした夜食をいただくなんて……イケナイことです！」

「ふっ、嘆くのはまだ早いぞ」

アレンはなおもニタリと笑う。

そうして後ろに用意しておいた荷台をカラカラと引いてきて、彼女に見せつけた。

「このとおり！　ボックスでアイスを買い求めてきた！　食後に好きなだけ食うといい！」

「なっ……！　しかもそこにあるのは、トッピングですか……!?」

「くっくっく……さすがはシャーロット。察しがいいな」

カットされた色とりどりのフルーツ。

蜂蜜などのソースにチョコチップクッキーなどなど。

トッピングは幅広くそろっているし、肝心のアイスもバニラとチョコ、イチゴと三色あった。子供ばかりか、大人でも否応なしにテンションが上がる取り合わせである。

「これでオリジナルのパフェも作り放題だ。すべて平らげたら、俺と一緒にボードゲームで遊ぶぞ！　全力で夜更かしするんだ！」

「そ、そんなことをしたら、明日の朝起きるのが大変ですよ!?」

「あいにくだが、おまえに朝など来ない」

なにしろ――。

「この俺とともに……昼まで惰眠を貪る運命なのだからなぁ！」

「そんなぁ……！」

「くははは！　いいぞ、泣き叫べ！　その悲鳴こそが、俺の求めていたものなのだ！」

ひときわ大きな笑い声に応えるように、窓の外で遠雷が鳴る。

稲光がスープの光沢を強くした。

ついに少女は耐えきれず、神への謝罪の言葉を口にしてレンゲと箸に手を伸ばす。

これは悪い魔法使いが、哀れな少女を堕落させる……イケナイ物語。

一章　悪の魔法使い、稀代の毒婦を拾うこと

ことの始まりは、春初めのある日のことだった。

「やあやあ、魔王さん！　今日も郵便をお持ちしましたのにゃ！」

「……その名で呼ぶのはやめろと、何度言えばわかるんだ」

その日の朝、アレンの屋敷のドアベルを鳴らしたのは、いつもの郵便配達人だった。

ふわふわしたコバルトグリーンの髪。その上には同じ色をしたケモノの耳が生えている。お尻から生えるのは長い鍵尻尾。

この国では珍しくもない、猫種の亜人である。性別は女性。

郵便屋の制服に身を包んだ彼女は「にゃあー」と困ったように小首をかしげる。

「そうは言われましても。ミアハだけじゃなく、みーんな魔王さんのことは魔王さんと呼んでいますのにゃ」

「ちっ……いいから早く郵便を渡せ」

「はいですにゃ」

アレンが受け取ったのは二通の手紙とひとつの小包、新聞一部。

「で、今日承る荷物はどれですにゃ？」

「これだけだ」

そう言って、アレンはひと抱えの箱を渡す。

「中身はいつもの魔法薬だ。瓶だから割らないように気をつけてくれ」

「もちろんですにゃ。迅速・安全・超かわいい、がミアハ属するサテュロス運送社のモットーですからにゃ！」

ミアハはびしっと敬礼してみせる。

口ぶりはふざけたものだが、実際のところ仕事はたしかなものだ。

これまで何度も彼女に荷物を頼んでいるが、一度たりとも不備はない。

荷物と伝票を処理したあとで、ミアハはふと小首をかしげてみせる。

「しかし、こんなに出来のいい魔法薬を作れるのに、どうして街に住まないのですにゃ？　そっちの方が簡単に稼げますのに」

「……」

この森を東に行けば、そこそこ大きな街に出る。

ミアハの属する運送社もここにあり、数多くの人々が暮らしている。

アレンはそこの魔法店に薬を卸して生計を立てているのだが……彼女の言う通り、街に住んだ方が手っ取り早く稼げるだろう。運送費は決してバカにできない経費として、彼の財政にそこそこのダメージを与えてくれる。

だが、ひとつだけ大きな問題があった。

アレンは足先に視線を落とし、ポツリと言う。

「街は……人が多いだろう」

「はあ〜。相変わらずの人嫌いですにゃあ」

ミアハは肩をすくめてみせる。

この屋敷は街道から外れた森の中に建っているので、迷い込む者もほとんどいない。

訪問者はミアハのような業者のみ。つまり……アレンのような非社交的な人間にとっては、うってつけの居場所なのだ。

だがしかし、ミアハはそれが不満らしい。

「魔王さん、まだ二十一歳でしたよね？　人間としても、まだ若いですにゃ。もっと活発に生きないと、すーぐに干からびてお爺ちゃんですよ」

「ふん。余計なお世話だ」

「ほーら、そんなに眉の間にしわ寄せちゃって。だから街の人たちに魔王って呼ばれてるんですにゃ」

街外れに住む人相の悪い魔法使いが、人々の噂になるのは当然だ。

アレンは重いため息をこぼす。

「単にひとりで暮らしているだけで、何故そのような不名誉な名で呼ばれねばならんのだ……しかもそのせいか、最近は子供たちが肝試しにやってくる始末だしな」

「ありゃりゃ……大変ですにゃ」

「まったくその通りだ」

アレンはうなずき、顔を覆う。

「このあたりは野生動物も多いし、子供だけで来るのはあまりに危険だ。だから見つける度に注意しているんだが……毎度悲鳴を上げて逃げられてしまう」

「……魔王さん、人嫌いのお人好しとか難解すぎますにゃ」

ミアハが苦笑を浮かべてみせる。

人と関わりたくはないが、だからといって人を見捨てられない。

アレンは、そんなややこしい性分の男だった。

「まあともかく、ほかに趣味とか生き甲斐とか見つけた方がいいですにゃ！　それじゃ、また明日！」

「だから余計なお世話だというに」

ミアハは手を振り駆け出して、あっという間に姿が見えなくなる。

アレンはやれやれと肩をすくめてそれを見送った。

「さてと、俺もそろそろ朝飯を……っと」

ばさっ。

そこで受け取ったばかりの新聞を落としてしまった。

広がった一面には『隣国の毒婦、消息不明に！　国外逃亡か!?』というセンセーショナルな見出しが踊る。

アレンはそれを拾おうと身をかがめて――。

「………おや？」

屋敷のすぐ正面。

膝丈まで伸びた草むらに隠れるようにして、誰かが倒れているのに気付いた。

不審に思いつつも、アレンはその人影に声をかける。

「おい……そこにいるのは誰だ」

しかし相手はピクリとも動かなかった。

アレンは首をひねりつつ、忍び足でそちらに近寄ると――。

「……女？」

草むらの中にうつ伏せで倒れていたのは、まだ年若い少女だった。

見目麗しい面立ちで、上等なドレスをまとっている。まるで物語からそのまま出てきたような典型的なお姫様スタイルだ。

だがしかしドレスはボロボロだし、顔色もひどく悪い。まぶたは重く閉ざされていた。

青白い唇からは細い息がこぼれ出るので、かろうじて生きてはいるようだ。

「家出娘か……それともさらわれた先から逃げてきたのか？」

「んっ……」

そっと抱き起こしてみると、かすかに長い睫毛が震えた。

しかし目を覚ます気配はない。このまま放置しておけば……確実に死ぬだろう。

アレンは少しだけ迷い、諦めたようにため息をこぼす。

「……仕方ない。目を覚ますまで介抱してやるか」

アレンは彼女を抱えて、屋敷を目指す。

雑草を踏みしめた、その瞬間――！

「でやあああああっっっ‼」

突然、男の蛮声が林の静寂を切り裂いた。

それと同時、アレンの背後で凶刃が閃《ひらめ》く。

銀に輝く刃は、狙いをたがえることなく彼を一刀両断にし――その姿が、霞のごとく掻き消える。

「なっ、消え……！」

「またずいぶんなご挨拶だな？」

「っ⁉」

賊の背後から、アレンは飄々《ひょうひょう》と声をかける。

初歩的な幻影魔法だ。変わり身の術とも言う。

こちらを振り返ったその男の顔は、見覚えのないものだった。

だがしかし、鎧に刻まれた紋章ならばよーく知っている。

少女を抱えたまま、アレンは片眉を持ち上げてせせら笑う。

「ほう？　隣国、しかも王室直属の近衛兵か。そんな大層な肩書の者が、俺にいったいなんの用だ」

「……」

兵士は何も答えない。

じっとアレンを睨みつけ、剣をゆっくりと構える。

さらに木陰から新たに三人の兵が現れた。どいつもこいつも重装備で、鋭い眼差しをアレンに向ける。

張り詰めた空気の中で、アレンは肩をすくめてみせた。

「ゾロゾロとご大層なことだな。訪問販売なら間に合っているぞ」

「その女を渡せ」

アレンの軽口にも構うことなく、剣を構えた兵士が低い声で告げる。

「その女は、我が国を辱めた重罪人だ。庇い立てするならば容赦はしない」

「じゅーざいにんー？」

おもわず少女の寝顔をのぞき込む。

その弱々しくも美しい面立ちは、そんな物騒な単語からは明らかにかけ離れていた。

だがしかし、兵士たちに冗談を言っているような気配はまるでない。

「女の生死は問わないとも仰せつかっている。おとなしく身柄を引き渡すのなら……貴殿に危害は加えない。約束しよう」

「ふーむ。なるほどなあ」

面倒ごとの気配がプンプンする。

だからアレンは、にやりと笑う。

「そういうことなら……お断りだ」

「なにっ⁉」

こんな胡散臭いやつらと、衰弱した哀れな少女。

どちらの肩を持つかと聞かれれば、まず間違いなく後者を選ぶ。

それが人の性というものだ。

もしも本当に彼女が悪人だったとしても、後で謝って引き渡せば済む話。

そういうわけで……今この場は交戦あるのみである。

「たったひとりで我らを相手取るつもりか……！」

「それは俺のセリフだな」

ぐるりと自身を取り囲む兵士たちを見て、アレンは唇を歪めて嗤《わら》う。

兵士たちの構えにはまるで隙がない。国の紋章を背負うだけの鍛錬を積んでいることが一目で窺えた。

一方、アレンは少女を抱えて両手がふさがっている。

外野から見ればさぞかし絶体絶命に映ったことだろう。

ゆえに……ちょうどいいハンデだ。

「たった四人の精鋭ごときで……俺に敵《かな》うと思うなよ！」

「ぐあ⁉」

右手背後から悲鳴が上がる。

アレンに襲いかかった兵士のひとりが、足払いを受けて転んだのだ。

その背に肘打ちを食らわせ沈めれば、悲鳴が開戦の合図となった。

残る三人が一斉に動く。だがしかし——アレンの方が早い。

「《氷結縛《アイスバインド》》！」

「おごっ……⁉」

閃光が地を走り、ふたりの兵士がつんのめって倒れる。その足は氷の結晶によって地面に縫いとめられていた。

氷を操る魔法である。殺傷能力はきわめて低く、敵を捕縛するのに効果的。

かくして残るは、剣を構えた最初のひとりのみ。

「無詠唱魔法……っ⁉」

驚愕に目を丸くしつつも、兵士は冷静だった。

真正面から繰り出すのは的確に急所を狙った刺突《しとつ》。

だがしかし、アレンは軽く踏み込み、刃先を紙一重でかわす。その勢いのまま顎を蹴り上げれば、兵士は大きくのけぞり地面に倒れた。

「仕上げだ！　《氷結縛《アイスバインド》》！」

「っ……！」

そこに魔法を打ち込めば制圧完了だ。

地面に磔《はりつけ》にされながら、兵士は目をみはってアレンを見上げる。

「その、白と黒の髪……！　まさか、貴様はあの――」

「無駄話はご遠慮願う。《幻夢《デ・リュージョン》》」

「がっ……あ…………？」

ぱちんと指を鳴らせば、四人の目から光が消えた。

虚空を見つめる彼らに、アレンは静かにたずねる。

「さて。ここで何が起きた？　言ってみろ」

「……森を隈なく探索して」

「……女の痕跡が途絶えたので」

「……獣に食われたのだと結論付けて」

「……一時、帰国することにしました」

「うむ、上出来だ！」

己の仕事ぶりに、アレンは快哉《かいさい》を叫んだ。

彼らを始末したところで、次の兵士たちがやってくるに決まっている。ならば上手く誤魔化した方が手っ取り早いというものだ。

魔法の氷を溶かしてやると、彼らはふらふらと起き上がる。

もはや敵意はみじんもなく、アレンが抱えた少女にさえ目もくれない。

「そら、お帰りはあちらだ。二度と来るんじゃないぞ」

そのまま兵士たちはアレンが顎で示した方角を目指し、おぼつかない足取りで去って行った。

じきに意識もはっきりするはずだし、そのころにはアレンのこともきれいさっぱり記憶から消えることだろう。あとは国に戻って、先ほどの報告を上げてくれるはずだ。

ひとまず目先の問題は解決した。

「しかし重罪人、なあ……どうやらかなり訳ありのようだな」

少女の寝顔を見下ろして、アレンは小さくため息をこぼしてみせた。


そのままアレンは少女を抱えて家の中に戻った。

真っ先に向かったのはリビングだ。

部屋の中は雑然としていた。カビたパンや、干からびた薬草。その他諸々のゴミともガラクタともつかないものが、床も見えないくらいに積み上げられている。

ただしそんななかでも、革張りのソファーが置かれた一角だけが、かろうじて人間の生活が可能な程度には整理されていた。

そこがアレンのお気に入りの場所だからだ。

読書をしたり、昼寝をしたりと、余った時間のほとんどをそこで過ごしている。

そこに、拾った少女をそっと寝かせる。

「さてと……あとは目覚めるのを待つだけか」

少女は依然として眠り続けていた。

その顔をそっとのぞき込み、アレンは顎を撫でて唸《うな》る。

「国が動くほどの重罪人、なあ……とてもそうは見えないんだが。とはいえ、人は見かけによらないとも言うし……」

どちらにせよ、彼女が目覚めるまではどうしようもない。

手持ち無沙汰に任せるまま、アレンは朝の新聞を広げる。

一面に書かれていたのは、国外のトップニュース。

隣のニールズ王国にて繰り広げられた、第二王子をめぐる陰謀劇だ。

どうやら彼の婚約者はとんでもない毒婦であったらしい。

国税を使った豪遊や不特定多数の男との密会を繰り返したばかりでなく、ついには自身が王妃となるべく、第一王子の暗殺まで企てたという。

王子はその悪事をすべて暴き、国を救った。

おかげで国内は大騒ぎ。

その婚約者は忽然《こつぜん》と姿を消したらしく、懸命な捜索が行われているという。

この顔にピンときたらご一報を、という文句と合わせて、そのご令嬢の似顔絵がご丁寧にも載っていた。

「ほう……？」

アレンが眉をひそめたそのとき。

「う、ん……？」

「おっ、起きたか」

ちょうどいいタイミングで少女が目を覚ました。

重いまぶたを持ち上げて、ゆっくりと起き上がる。

そうして恐る恐るあたりを見回して……アレンに気付き、びくりと肩を震わせた。

「ひっ……ど、どなたですか……？」

「なに。行き倒れていたおまえを拾った者だ」

アレンは彼女を怯《おび》えさせないよう、やんわりと笑いかけた。

ガラクタの山からポットと茶葉を探して、手早く紅茶を淹《い》れてやる。

欠けたカップを手渡せば、少女はおずおずと受け取った。ぬるい紅茶に少しだけ口をつけて、小さく吐息をこぼす。おかげでわずかだが、頬にも血色が戻ったようだ。

かすれた声でこぼすことには――。

「私、森の中で迷って……それで、遠くにお屋敷が見えたんです……そこに、行こうとして……」

「その寸前で力尽きたのか。だがまあ、目的は達したぞ。それがこの屋敷だ」

この屋敷を訪ねるのは、郵便配達人か肝試しをする子供たち。

もしくは迷い人だけだ。彼女は典型的な後者らしい。

アレンは例の兵士たちについては話さなかった。彼女を無為に怯えさせるだけだとわかっていたからだ。

いまだ夢の中にいるかのようにぼんやりしたままの少女に、アレンは新聞をかざす。

「ひとまずは歓迎しよう。シャーロット・エヴァンズ嬢？」

「っ……！」

それを見て、少女──シャーロットの顔から血の気が引く。

新聞には間違いなく、彼女の似顔絵が描かれていた。

隣国、ニールズ王国第二王子の婚約者かつ……国を惑わせた毒婦。

エヴァンズ公爵家長女、シャーロット。

「ああ、大丈夫だ。警戒しなくてもいい」

アレンは鷹揚に言ってのけ、新聞をたたんでシャーロットの顔をのぞき込む。

彼女は警戒して身を縮めるが、おかまいなしだ。

「俺は昔、仲間と信じた相手に裏切られた経験があってな。それ以来、人が嘘をついているかどうかを見極めるすべを会得したんだ」

彼女の瞳を、じっと見つめる。

不安に揺れるその青には……なんの嘘偽りもなかった。

「おまえは無実だ。そうだろう」

「……っ！」

シャーロットは言葉を失った。

大きく目を見開いて──やがてそこに、じわじわと涙が浮かぶ。

おかげでアレンは肝を潰した。

「お、おい。どうした、どこか痛むのか？」

「はじめて……」

シャーロットの涙が、革張りのソファーにぼろぼろと落ちる。

彼女は顔を覆って嗚咽《おえつ》を上げながら、途切れ途切れで言葉をつむぐ。

「はじめて、信じてくれる人が、いた……！」

しばしシャーロットはそのまま泣き続けた。

アレンはおろおろとしつつも、ハンカチを差し出したり、紅茶のおかわりを入れたりして、ひたすら彼女を泣き止ませようと努力した。

やがて彼女は落ち着いて、ぽつりぽつりと語りはじめる。

「本当に……突然のことだったんです」

今から一週間前のこと。

王城では、ニールズ王国第二王子……セシル王子の誕生日パーティが行われていた。

もちろん婚約者である彼女も招待されて、来賓客に挨拶して回っていた。

しかし、当のセシル王子とは、言葉を交わすことはなかったという。

「何年も前から結婚は決まっていましたが……滅多に会うこともありませんでしたから」

まれに会っても会話を交わしたことは一度もない。

彼はいつも冷たい目でシャーロットを睨むだけだったという。

だがしかし、宴もたけなわになった頃。

セシル王子がパーティ会場の真ん中に、彼女のことを呼び出した。

客人や兵士たちが見守る中、彼が告げたのは愛ではなく——耳を疑うような宣言だった。

『シャーロット・エヴァンズ！　きみの悪行の数々は調べがついている！　よって……きみとの婚約を破棄させてもらう！』

突如告げられたのは、そんな婚約破棄宣言で。

そのついでとばかりに暴き立てられたのは、彼女にとってまるで身に覚えのない悪行の数々だった。それは入念に作られた証拠に裏打ちされており、その場にいた者たちはすべてそれを信じてしまった。

実家も味方してくれることはなかった。

公にはされていないが、シャーロットは当主の愛人の子であった。

彼と本妻の間に子供がなかなかできなかったことから、幼少期にエヴァンズ家に引き取られたのだ。

だがしかし、その数年後に新しく来た妻との間に子供が生まれてしまう。

おかげで彼女はずっと家の中で爪弾きにされていて……濡れ衣を着せられたときも、使用人ですらシャーロットを庇うことはなかった。

彼女はあわや牢獄行きというところで——。

「見張りの隙をついて、家から逃げ出してきたんです……」

「なるほど、なあ……」

アレンは顎を撫でる。

蓋を開けてみれば、単純明快な陰謀劇だ。

おそらく王子は妾腹の彼女と結婚するのが嫌だったか、それとも別に好きな女でもできたのか。

理由はなんでもいいだろう。

とにかく、シャーロットが邪魔になったのだ。

彼女を毒婦として告発すれば、邪魔者を排斥して、さらに自分の株を上げることにもつながる。

一石二鳥の上手いやり方である。

(胸糞悪いのには間違いないがな)

アレンはわずかに口角を持ち上げて笑う。

そんな彼の心中にも気付くことなく、シャーロットは頭を深々と下げてみせた。

「助けてくださったことはお礼を申し上げます。でも、この国の新聞にも載るくらいですし、すぐに追っ手が来ると思います。あなたに迷惑はかけません。少し休んだら、すぐにここを出て――」

「ひとつ聞きたいんだが」

アレンはその言葉を遮って、ぴんと人差し指を立てる。

「おまえ、掃除は得意か？」

「……え？」

「答えてくれ」

突然の問いかけにシャーロットは目を丸くする。

しかしアレンが促せば、おずおずと口を開いた。

「えっと、人並みにはできると思いますけど……それが、なにか？」

「いいだろう。完璧な答えだ」

アレンはシャーロットの肩をぽんっと叩く。

「よし、シャーロット。俺がおまえを雇ってやる」

「へ⁉」

「名目は住み込みのメイドだ。ここに住め」

任せる仕事は家事全般。

手当てはもちろん出すし、三食に加えておやつ付き。

この屋敷は無駄に広く、部屋数は余っているので、シャーロットひとりくらい住民が増えてもなんの問題もない。なんだったらトイレも風呂も複数ある。

そうざっくり説明すると、彼女はハッとしたように慌てはじめる。

「さっきの話を聞いてましたか⁉　私はお尋ね者なんですよ⁉」

「まあたしかに、そんな女をかくまうなど愚かとしか言いようがないがな」

アレンの中の冷静な部分が、今すぐ撤回しろと喚《わめ》き立てる。

彼女は厄介ごとの塊だ。人と関わりたくない一心でこんな森の奥で暮らすアレンにとっては、疫病神もいいところ。

それでも、見捨てるわけにはいかなかった。

「さっきも言ったが……俺も昔、人に裏切られたことがあるんだ」

「っ……あなた、も」

「アレンだ。アレン・クロフォード」

シャーロットの目をまっすぐに見つめ、アレンは薄く笑う。

今から三年ほど前のことになる。

アレンは見聞を広めるべく旅に出た先で、とあるパーティに出会った。

彼らはこれから世界中を冒険するつもりだと語り、アレンに仲間になってくれないかと頼み込んできた。優秀な魔法使いのメンバーを探していたらしい。

アレンはそれまで天才肌ゆえ他人から理解されることが少なく、友と呼べる存在はほとんどいなかった。

そんな自分にも仲間ができたのだ。アレンは彼らの仲間となることを快諾し、まだ見ぬ冒険と、仲間たちとの楽しい旅を夢想した。

だがしかし――彼らは最初からアレンを利用するつもりで近付いていたのだ。

「やつらは俺を使って、封じられた古代の神殿を暴いたんだ。狙いは財宝。封印を解いた俺はお払い箱で、魔物の群れのただ中に放置された」

「そ、そんな……そんなのひどいです……！」

「まあ、昔の話だ。俺も若かったし、あっさり騙されてしまった」

アレンはかぶりを振って、苦笑いを浮かべる。

あのときはからくも生き延びることができたものの、おかげで人間不信に拍車がかかってしまった。

シャーロットの手をそっと握る。

「あのときの俺には、誰も救いの手を差し伸べてくれる人はいなかった。だから俺は……似た境遇のおまえを放っておけないんだ」

「……アレンさん」

シャーロットが瞳を潤ませる。

……ちなみにそのアレンの元仲間たちだが、今は全員この国の牢獄で暮らしている。

アレンが彼らの犯罪の証拠を片っ端から取り揃え、身柄と合わせて司法に突き出してやったからだ。

そのついでに何重にも呪いをかけてやったから、今頃はみな仲良く牢の中で慢性的な不眠と頭痛と便秘に悩まされていることだろう。

それを思うだけで、アレンは毎度の食事がとても美味くなる。

さらにこの件で国から報奨金がたんまりと出た。

どうやら元仲間たちはあちこちで悪さを働いていたらしい。おかげでこの屋敷を現金で買って、悠々と隠居することができたのだ。

人間不信は加速したが、お釣りが来るくらいの復讐は済んでいる。

つまり厳密に言えば『誰も救いの手を差し伸べてくれなかった』のではなく『自分でさくっと片

付けた』のだ。

　とはいえ、そのことはシャーロットには秘密にしておく。同じ裏切られた経験を持つアレンの言葉は、彼女の胸に深く突き刺さったことだろうから。

　だがしかし、シャーロットはかぶりを振ってみせるのだ。

「で、でも、それじゃアレンさんのご迷惑になります！　お気持ちはうれしいですが……お受けすることはできません！」

「そうか……なら仕方ないな」

　なかなか強情な少女だ。

　そうなると——。

「ならば最終手段だ」

　アレンはぱちん、と指を鳴らす。

　すると彼の衣服の上、心臓のあたりに、赤く輝く紋章が現れた。

　禍々《まがまが》しいそれは、アレンが得意とする呪いの証しだ。

　小首をかしげるシャーロットに、彼はにやりと不敵に笑う。

「たった今、俺は自分に死の呪いをかけた」

「……えっ？」

　シャーロットが再びぽかんとする。

　そこにアレンはびしっと人差し指を突きつけて、勢いよくたたみかけるのだ。

「おまえが『ここで働く』と言わない限り、俺はこの呪いを解除しない！　つまり……今から三分後に俺の心臓は活動を停止する！」

「はいぃぃ⁉」

シャーロットの悲鳴が屋敷中に轟《とどろ》いた。

耳に心地よい調べにアレンの笑みがさらに深まった。意気揚々と少女に迫る。

「さあ早く決断するといい！　さもなくばおまえのせいで、無実の一般市民が命を落とすことになるぞ！」

「なんでそうなるんですか⁉　あと、言い方が悪い人みたいですけど……私を助けようとしてくれている、いい人なんですよね⁉」

「ふははははは、もちろん俺は善良そのものだ！　さあどうするシャーロット！　残り二分三十一秒だ！　付け加えて言うなら、すでに呼吸がしづらくなってきているぞ‼」

「も、もっとご自分を大事にしてくださいぃぃ‼」

そういうわけで、一分も経たないうちにシャーロットはこの屋敷に住むことを了承してくれた。真っ青な顔で、泣きながら。


こうしてアレンは行き倒れた令嬢を拾ったのだった。

二章　いたいけな少女にイケナイことを教え込む

それから三日後のこと――。

「えっと、終わりましたよ……？」

「素晴らしい！」

見違えるほどきれいになったリビングに、アレンは快哉《かいさい》を叫ぶ。

地獄のようだったゴミ溜めは、今や人が暮らせる環境へと見事な変貌を遂げていた。

床も見えるし、埃ひとつ落ちていない。

磨かれた窓からは柔らかな陽の光が差し込んで、時間帯を知らせてくれる。

「いやはや素晴らしい仕事ぶりだ。公爵家の令嬢とは思えないな」

「……お家では、色々お手伝いをしていましたから」

そう言って、シャーロットは苦笑する。

三日の間に療養させた甲斐があって顔色もいい。

髪にも艶が出て、ドレスを着せればさぞかし様になったことだろう。

だが今は普通の村娘然とした凡庸な服を身にまとっていた。

パッとしない色合いのブラウスにロングスカート。

おまけに雑巾を片手に腕まくりだ。それがやけに似合っていて、高貴な身の上ということを忘れさせてくれる。

(妾腹、と言っていたか。掃除の手際もいいし、家での扱いがうかがえるな)

令嬢とは名ばかりで、家の中では召使いのような立場だったのかもしれない。

だが、それを追及する気はなかった。

シャーロットも、今はそれ以上のことを言うつもりはないらしい。

かわりに部屋を見回して小首をかしげてみせた。

「でも、私は床を磨いただけですよ。荷物は全部、アレンさんが魔法で片付けてくれたじゃないですか」

「まあな」

床のゴミ類はすべて魔法で焼却処分した。

灰も残さず燃やしたため、あとは埃とススを片付ければ終わりだった。

「床掃除も手伝ってくださいましたし……私、いる意味あるんですか?」

「もちろんだとも」

アレンは大真面目でうなずく。

「俺はこの通り、生活能力がまるでない。ひとりだと片付けようという気すら起きないからな。おまえが来なければ、死ぬまであのゴミ山で暮らしていた自信があるぞ」

「胸を張っておっしゃることじゃないと思うんです……」

シャーロットはやや引きつった笑みを浮かべる。

しかしぐっと拳を握って、意気込んでみせた。

「で、でも、とりあえずお掃除は終わりです。次は何のお仕事をすればいいですか？」

「そうだなあ」

アレンはしばし思案する。

そうしてあっさり告げることには――。

「今日はもういい」

「えっ」

「あとは夕飯まで自由にしててくれ」

戸惑うシャーロットをよそに、アレンはお気に入りのソファーに寝転ぶ。

「書斎から本を持ってきてもいいし、庭をいじってくれてもいい。好きにしろ」

「……私が泥棒したらどうするんですか？」

「それも大丈夫。この家には今、ろくな現金がないからな」

シャーロットを拾ってすぐ、彼女の服や日用品を街であれこれと買い求めてきた。

女性ものの服を買うのはやや抵抗があったが、今さら悪評のひとつやふたつが増えたところでどうでもよかった。店員に適当に見繕ってもらい、言われるままに購入した。

そういうわけで急な出費があり、この家に現金はほとんど残っていない。

そう説明するとシャーロットが恐縮したように小さくなる。

「す、すみません……私のせいで……」

「なに、初期投資だから気にするな」

適当に手を振って、懐から分厚い紙の束を取り出す。

先日公表された魔法理論についての研究論文だ。

そこに赤ペン修正を入れまくって執筆者に突っ返すのが、アレンの数少ない趣味だった。

学会ではひどく恐れられて『赤ペンの悪魔』呼ばわりされているらしいので、なおのこと添削のペンにも力が入るというものだ。

「ともかく俺はしばし作業をする。声をかけないでくれ」

「は、はい。わかりました」

シャーロットが硬い面持ちでうなずいたのを確認して、アレンは論文に目を落とす。

客人に対する態度としては、少し素っ気ないものかもしれない。

だがしかし、これ以上踏み込む気は起こらなかった。

(短い付き合いになるだろうし……これくらいの距離感でいいだろうさ)

困った人間は放っておけないが、アレンは人付き合いが苦手だ。

今はまだ恩義を感じているからシャーロットの態度は柔らかいが、じきに彼のことが嫌になるはず。

適度に路銀を稼いだところで、彼女は自分の前から姿を消すだろう。

それを不義理とは思わない。シャーロットの人生はシャーロットのものだ。家を出て自由の身になったのだから、決断も何もかも、自分の好きにすればいい。

（頃合いになったら、盗みやすい場所にまとまった金を置いておくか……）

そんなことを考える自分に苦笑しつつ、アレンは論文にのめり込んでいった。


やがて、気付いたときにはすっかり日が暮れていた。

窓から差し込む光は、いつの間にか燃えるような茜色に染まっている。

「おっと、もうこんな時間……」

ソファーから起き上がり、アレンは凍りつく。

整理整頓されたリビングの床。そこにシャーロットが座り込んでいたからだ。

彼女は微動だにせず、うつむいて床だけをじっと見つめている。

夕日に照らされたその姿は、ちょっと異様な光景だった。

「お、おい、シャーロット……」

「あっ、アレンさん」

何事かと慌てて声をかけると、シャーロットはハッと顔を上げる。

そこに浮かんでいたのは、掃除していたときとほとんど変わらない無邪気な笑顔だ。

おかげでアレンは少しばかり安堵するが、恐る恐るたずねてみる。

「ひょっとしてずっとそこにいたのか。いったい何をしていたんだ……？」

「えっと、アレンさんが自由にしていいとおっしゃったので……」

シャーロットはどこか困ったように頬をかく。

そうして堂々と言ってのけることには――。

「床の木目を数えてました！」

「床の、木目」

おもわずおうむ返しをしてしまうアレンだった。

たしかにアレンは自由にしていいと言った。

どう時間を使おうと彼女の勝手だ。

だがしかし……たとえ暇で暇で仕方なかったとしても、床の木目を数えるか？

もうほとんど最終手段のようなものではないか。

「……よし、シャーロット。ひとまずこっちに来い」

「は、はい？」

アレンはソファーから立ち、かわりに彼女をそこに座らせる。

そうして自分は彼女の正面にしゃがみ込み、じっとその瞳を見つめた。

アレンは人の目を見れば、嘘を見抜くことができるのだ。

「シャーロット……少し聞きたいんだが、趣味はあるか？」

「趣味、ですか……？」

シャーロットは不思議そうに小首をかしげる。

まるで初めて聞いた単語だとでもいうように。

言葉が通じているか一瞬不安になったが、すぐに彼女は「うーん」と唸《うな》る。

「特にありませんね……すみません」

「で、では、家では空いた時間に何をしていた？」

「お家では、花嫁修業の勉強以外は、お掃除や針ものなどのお仕事をしていましたから……空いた時間というのは、特に」

シャーロットはにこやかに、寂しいことを言う。

それがアレンの心にグサッと刺さった。言葉に詰まりながらも質問を続ける。

「それじゃあ、その花嫁修業とやらで楽しかったことはあるか⁉」

「えーっと、楽しい……というのはちょっと、わかりませんね……間違えて叱られてばかりでしたから」

「では、最近一番うれしかった思い出は⁉」

「そうですね……あっ！　それはありました！」

シャーロットが弾んだ声を上げる。

アレンはそれに淡い期待を寄せるのだが――。

「二ヶ月くらい前に、毎日頑張って働いてるご褒美にって、ナタリア様……えっと、妹が果物をくれたんです！　半分くらい傷んでましたけど……滅多に食べさせていただけないご馳走だったので、とってもうれしかったです！」

「…………」

ひょっとして、それはいわゆるイジメとか、イビリと呼ばれるやつなのでは？

「あ、あれ？　アレンさん。なんだかお顔が怖いですよ……？」

「人相の悪さは生まれつきだ。気にするな。それよりおまえ……年はいくつだ」

「え、えっと、十七です」

「十七ぁ⁉」

アレンより四つも下だ。

おかげで彼はわなわなと肩を震わせてしまう。

アレンが十七のときなど、まだ魔法学院に籍を置く身だった。

毎日教授を質問責めにして涙目にさせたり、生意気な生徒をしばきあげたり、魔法薬の実験でいくつもの実験室を吹き飛ばしたりして呑気に過ごしていた。

研究成果はぶっちぎりのトップをキープしてはいたものの、ちゃらんぽらんの阿呆……そうとしか呼べない男だった。

それに比べて、シャーロットはどうだ。

人生でトップクラスに楽しいはずの十代を、趣味も、楽しかった思い出も何もなく、他人から搾取されるだけで過ごしていたという。

挙げ句の果てにはすべてに裏切られ、こんな森の奥で行き倒れて、人相の悪い性悪魔法使いに拾われた。

（そんな残酷な話があっていいのか⁉）

しかしアレンはシャーロットが一切嘘をついていないことを知っている。

安易な同情は彼女に失礼だとわかっていても……どうしても、我慢がならなかった。

「……よし、決めたぞ」

「な、なにをですか？」

シャーロットは不安げに首をかしげてみせる。

アレンはかまうことなく、ゆらりと立ち上がった。

そうして――びしっと人差し指を突きつける。

「シャーロット、俺はおまえに……この世のすべての悦楽を教え込む‼」

「…………はい？」

それから三時間後。

「帰ったぞぉ！」

「お、お帰りなさいませ……？」

手に大荷物を抱えて舞い戻ったアレンのことを、シャーロットは戸惑いつつも丁重に出迎えてくれた。

謎の宣言をしてから、アレンは家を飛び出した。

まっすぐ街に向かって、あれこれ買い求めてきたのだ。

もう空はとっぷりと暮れていて、冴え冴えと輝く三日月が気持ちよさそうに浮かんでいる。

アレンはリビングのテーブルに荷物をまとめて置く。

大きな箱が四つに布袋が三つ。

その大荷物を前にして、シャーロットはますます首をかしげてみせる。

「す、すごい買い物ですね……でも、現金はもうないんじゃ……」

「ああ。だから手持ちの魔法道具を売っ払ってきた。金貨五十枚になったぞ」

「ごっ……⁉」

シャーロットが言葉を失う。

魔法道具とは、特別な魔法がこめられた品物のことだ。

雨に降られても消えない篝火《かがりび》や、振るだけで炎の球を出せる杖などなど。

ピンからキリまで存在するが、金貨五十枚で売れるとなるとかなり上等なものになる。

そして金貨五十枚といえば、庶民がひとり三ヶ月くらいは余裕で暮らせる額だ。

「なっ、なんでそんな大金を⁉」

「言うほどの額か？　公爵家令嬢のくせに、金銭感覚は庶民じみているんだな」

「ち、小さい頃は、田舎でお母さんとふたりで暮らしていましたから……って、そうじゃなくって！」

シャーロットはぶんぶんとかぶりを振って、震える声で言葉をつむぐ。

「それだけの額で売れる魔法道具となると、よほど貴重なものだったと思うんです……どうして売ってしまったんですか？」

「なに、まとまった金が必要になったからだ。それにほかにも魔法道具はあるし、作ろうと思えば作れるしな」

魔法薬と違って、魔法道具の査定はかなり面倒くさい。

だからアレンは滅多なことでは金に換えることはなかった。

だが……今回は特別だ。

「よし、シャーロット。ここに座れ」

「えっ……は、はい」

シャーロットはおずおずと、アレンの引いてやった椅子に腰を下ろした。

アレンは満足げにうなずく。だが彼女は戸惑い気味だ。

「シャーロット。先ほど、俺はおまえに言ったな。この世のすべての悦楽を教え込む、と」

「ええ。おっしゃっていましたけど……『えつらく』って？」

「悦び、楽しみだ。だが俺が言ったのは……」

アレンはシャーロットの顎をそっとすくい、にやりと笑う。

「道義に反するタイプの、悦びだ」

「ど、道義……？」

「その通り。イケナイことというのはな、楽しいんだ。クセになるほどな」

シャーロットはますます目を白黒とさせる。

アレンの言っている意味がまるでわからないという様子だった。

「おまえは今時珍しいくらいの、素直で真面目な人間だ。どうせ公爵家の人間に反抗したり、ハメを外したりしたこともないのだろう？」

「そ、それは……私なんかを、置いてくださる方々ですし……」

シャーロットは伏し目がちにぼそぼそと語る。

それは家族というよりも、奴隷が主に向けるような怯《おび》えを含んだ物言いだ。

事実、彼女は公爵家に対してもこれまで一切悪し様に言うことがなかった。手酷く裏切られたというのに、恩義や恐怖のようなものが恨みを上回っているのだろう。

そんなのは、アレンから言わせれば不健全きわまりない。

だから……彼女を染め替えると決めたのだ。

「これから俺は、おまえにイケナイことを教えてやる。おまえはその快楽に溺れ、本能のままに動く獣になるだろう」

「な、なんだか怖いです、アレンさん……」

シャーロットはかすかに怯えの色を見せるが、気丈にもアレンを睨んでみせる。

「そ、それに、悪いことはしちゃいけないんですよ！」

「安心しろ。法には触れないし、他人の迷惑にもならない」

「ほ、ほんとですか……？」

「そうとも。みーんなこっそりやっていることだ」

貞淑な妻も、厳格な教師も、模範的な聖職者も。

みな、こっそりと裏でイケナイことをして、その快楽の虜となっている。

そう告げると、シャーロットはごくり、と細い喉を鳴らした。

「そ、そのイケナイことって……なんなんですか？」

「知りたいか……いいだろう！」

アレンはシャーロットから手を離し、かわりに箱のリボンをゆっくりと解いていく。

さながら女性の服を脱がせるように、淫靡《いんび》に。

「さあ、その目に焼きつけろ。今回のイケナイことは……」

そうしてついに箱が開かれる。

そこに収まっていたのは――。

「…………ケーキ？」

「そのとおり‼」

アレンは力強くうなずく。

箱の中には、色とりどりのケーキが入っていた。

イチゴののったショートケーキに、なめらかな表面のチョコケーキ、宝石のような果物がふんだんに飾られたタルト、何層にも重ねられたミルフィーユ。

エトセトラ、エトセトラ。

「だが、驚くのはまだ早いぞ！」

そう言ってアレンは次々と箱と袋を開けていく。

飛び出してくるのは色とりどりのお菓子に、ジュースの瓶。

甘いものだけではなく、塩味のポップコーンなんかもある。

あっという間に、テーブルの上はパーティじみた様相を呈してしまう。

おかげでシャーロットは目を丸くした。

「え、えーっと……これ、は？」

「ずばり、イケナイことだ」

「……はい？」

シャーロットがますます首をかしげる。

だが、アレンはそれにもかまわず瓶の蓋を開く。ぷしゅっ、と小気味良い音を立てたサイダーをぐいっと一杯。そうしてそれをテーブルに叩きつけ、全力で宣言をかます。

「これが今日の晩飯だ！　食べて飲んで、大いに騒げ‼」

「えええええ⁉」

シャーロットがついに悲鳴のような声を上げる。

「だ、ダメですよ、アレンさん！　晩ご飯はちゃんと食べないと！　お菓子ばっかりじゃ栄養が偏ります！」

「うむ、予想通りかつ模範的な反応だ。それでこそ落とし甲斐があるというもの！」

アレンは満足げに笑う。

「これまで最低限のものしか食べさせてもらっていなかったんだろう。命からがら逃げてきたにせよ、おまえは慢性的な栄養失調状態だったからな」

「そ、それは……」

「図星のようだな。体面上飢えさせるわけにはいかないが、贅沢させるつもりは毛頭ない。そんな感じか」

彼女が妾腹であることは、家の者だけが知っていたらしい。

ゆえに表面上は家族として扱っても、家の中では下働き同様。

ケーキなんて、滅多に口に入らなかっただろう。

アレンはケーキのひとつを皿に取る。

つやつやきれいなイチゴがのったショートケーキだ。季節のものではなく、温室で育てられたイチゴなので、ちょっとばかし値が張った。

それにフォークを添えて、シャーロットの前に差し出してやる。

「ほーら、あまーい甘いケーキだぞ。これが店の一番人気らしい」

「うっ……」

するとシャーロットの目がケーキに釘付けになる。

昼はアレン特製の野菜クズを煮込んだ薄いスープと買い置きのパン、それと崩れた目玉焼きだけだった。当然お腹は減っているはず。

どこからともなく、「ぐう～」という小さな音がした。

だがしかしシャーロットはゆるゆるとかぶりを振る。

「で、でも、こんなのダメです。お夕飯がわりにケーキをいただくなんて、健康に悪いに決まって

います し……」

ちらり、と上目遣いでアレンを見て、申し訳なさそうに言う。

「それに……これ以上アレンさんに、よくしていただくわけにはいきません」

「だが、こんなにきれいなケーキだぞ。食べないと、作ったパティシエに悪くないか？」

「ううっ……！」

おっ、効いてる効いてる。

手応えにニヤリと笑い、アレンはたたみかける。

「それに、今のおまえを雇っているのは誰だ？」

「あ、アレンさんです……」

「そのとおり！」

アレンはシャーロットにびしっとフォークを突きつける。

「雇い主の命令は絶対だ。だから今日はこれを好きなだけ食え。それが仕事だ！」

「そんなめちゃくちゃな……」

「これ以上抵抗するのなら、また死の呪いをかけるぞ。もちろん俺に」

「だから、ご自分を大切にしてくださいってばぁ‼」

こともなげに呪いを発動させようとするアレンを遮って、シャーロットが悲鳴を上げる。

だがついに観念したようだ。

シャーロットはテーブルに置かれたフォークをそっと取り、こくりとうなずく。

「わ、わかりました……そういうことでしたら、ありがたくいただきます」

「よし。最初から素直にそうしておけばいいんだ」

完全に悪党のセリフだが、アレンはただ彼女にケーキを食べさせてやりたいだけである。

「念のため聞いておくが、食品関係でなにかアレルギーはあるか？　持病等は？」

「ないですけど……なんだかお医者さんみたいですね」

「一応、医師免許は持っているぞ」

「またまたぁ」

シャーロットはくすくすと笑う。

アレンが口にしたのは紛れもない事実なのだが、冗談だと思ったらしい。

だがそれでいくぶん緊張がほぐれたようだった。

「それじゃ、いただきますけど……」

そこでシャーロットはアレンの顔をちらりとうかがう。

「アレンさんが先に選んでください。私は残ったものでかまいませんから」

「いや、いい。俺は甘いものは好かんからな」

「えっ」

シャーロットはぽかんと目を丸くする。

「ひょっとして……これ全部、私の、ために……？」

「今さら気付いたのか？　そんなの当たり前だろう」

「大事な魔法道具を売ってまで⁉　ど、どうしてそんなことをしたんですか……！」

「どうして、って……」

アレンは首をひねりつつ、こともなげに告げる。

「おまえが喜ぶと思ったからだが？」

「は……」

とうとうシャーロットは言葉を失ってしまった。

その顔からは一切の表情が消えて、完全に凍りつく。

よくわからない反応に、アレンは首をかしげるしかない。

「どうした？　ひょっとして甘いものは嫌いか？」

「い、いえ、そんなことは、ない……ですけど……」

「ならさっさと食え」

「は、い……」

どこかぎこちなく、心ここに在らずといった様子でシャーロットはフォークを握り直す。

「私の、ために……」

そんなことをぽつりとこぼしてから、シャーロットは生唾を飲み込む。

それからショートケーキにそっとフォークを立てた。

三角形の頂点。そこをほんの少しだけ切り崩し、ゆっくりと口へと運ぶ。

まるで亀の歩みのようなスピードだった。だがアレンはそれをじっと見守った。

シャーロットはその一口を、まるで最後の晩餐だとでもいうように慎重にかみしめた。やがてその喉が小さく鳴る。彼女はそのまま呆然と固まってしまって――。

「ど、どうだ。うまいか？」

アレンはおろおろと声をかける。

ひょっとして口に合わなかったのか、ケーキが傷んでいたのか。

そう心配してシャーロットの顔をのぞき込む。

すると――。

「おいしい、です」

そうか、良かった！

……という、アレンが用意していた言葉は喉の奥へと消えた。

彼女の頬を、ひとつの雫がこぼれ落ちたからだ。雫は後から後からひっきりなしに流れ落ち、やがてそれに嗚咽《おえつ》が混じる。

おかげでアレンは言葉を失うほかなかった。

シャーロットは顔をくしゃりと歪めて、流れる涙を必死に拭おうとする。

だがしかし涙は一向に止まらなかった。

雫がテーブルに、膝に落ちるごと、彼女の震えた唇からはか細い声がこぼれ落ちた。

「誰かが私に、なにかしてくれるなんて……与えてくれるなんて、そんなの、お母さんとか、妹とか、ふたりのほかには誰も、いなくって……だから、おいしくて、うれしくて、胸が、ぎゅっとして……」

シャーロットは途切れ途切れに語る。

不明瞭な言葉の羅列は、魂から漏れ出た悲鳴そのもので。

その悲痛な叫びが、アレンの心に火を灯す。

シャーロットは涙に濡れた顔を上げ、アレンを見つめる。

「私なんかが、こんなに幸せでも、いいんでしょうか……？」

「……バカを言え」

アレンは低い声を絞り出す。

多少値が張ったとはいえ、銀貨一枚程度のケーキだ。

そんな幸福で……足りるわけがない。

「この程度が『幸せ』だと？　笑わせるな。こんなのは序の口だ。これから俺は、おまえにこの世のすべての悦楽を教え込む。泣いても叫んでも容赦はしない」

美味しいものを食べさせて、いろいろな場所に連れて行く。

楽しいこともうれしいことも、飽きるまで味わわせる。

そしてゆくゆくは……世界で一番幸せだと、胸を張って言えるまでに変えてやる。

そう告げれば、シャーロットは顔をくしゃりと歪めてみせて。

「どうして……どうしてそんなに、見ず知らずの私に、優しくしてくれるんですか……？」

「さあな。俺にもわからん」

アレンは正直に胸の内を打ち明けた。

ケーキひとつでこんなにも泣くのか。

そう思うと、胃のあたりがひどくムカムカした。

これはおそらく、ただの同情心ではない。怒りだったり哀しみだったり、そんなものが複雑な配合でブレンドされた、生まれて初めて抱く感情だった。

それに付けるべき名前をアレンはついぞ知らない。

だが、そんなことは些細な問題だった。

やると決めたからには……徹底的にやる。

それが彼のモットーだったからだ。

「とにかく俺はおまえに誓おう。おまえが俺の前にいる限り、この世のすべての悦びを教えてやるとな！」

「でも……私は何もお返しできませんよ」

「そんなものは必要ない。俺の趣味に嫌々付き合わされていると思えばいいだろう」

「ふふ……お優しいのに、変な人なんですね」

シャーロットは泣きながらくすくすと笑う。

おかげでアレンもほっと胸を撫で下ろす。

彼女が泣いていると心臓が締め付けられるし、笑ってくれると胸があたたかくなる。こんな感覚もまた、生まれて初めて覚えるものだった。

ともかくアレンは涙を拭うハンカチを手渡してから、ほかのケーキを次々と勧めていった。もっともっと笑ってほしい。ただその一心で。

「ほらほら、どんどん食え。それを食べたら次はどれだ？　こっちのチョコレートケーキか？」

「そ、そんなにたくさん食べられませんよ……アレンさんも助けてください」

「だから俺は甘いものは……ああ、いや」

苦手だと言いかけた瞬間、シャーロットの顔色が少し曇った。

だからアレンは言葉を切って、適当なケーキを手に取る。フルーツ多めのタルトだ。

「せっかくだしご相伴にあずかろうか」

「はい！　一緒に食べたら、ずっと美味しいはずですよ」

シャーロットに笑顔が戻ったのを見て、アレンは内心でほっとする。

人付き合いは苦手だが……せいぜい頑張ろう。そう思えた。

しかしシャーロットは眉をへにゃりと寄せる。

「でも……ふたりでも、こんなに食べきれませんね。どうしましょう」

「なに、毎日少し食べればいいだろう」

「ですが、ケーキってそう何日も持つものなんですか……？」

「そこはこう……」

アレンはぼそぼそと呪文をつむぎ、ぱちんと指を鳴らす。

瞬間、チョコレートケーキを立方体の結界が囲い込む。

「時間を止めれば問題ない」

「……ほんとになんでもできるんですね」

「まあな」

アレンは飄々《ひょうひょう》と肩をすくめ、タルトにフォークを突き立てる。

「俺は悪くて優秀な魔法使いだからな。時を止めることも、哀れな婦女子をたぶらかすことも朝飯前だ。うむ。意外といけるな」

フルーツの適度な酸味のおかげで、甘いものが苦手なアレンでも美味しく食べられた。

あの店はこれから贔屓《ひいき》にしよう、と思いつつ。

「ほら、おまえも食べてみろ。あーん」

「あ、あーん」

シャーロットにもタルトを一口食べさせてやる。

おずおずと開けた小さな口に放り込んでやれば、しばしもぐもぐと真剣に咀嚼《そしゃく》して、相好を崩す。その頬は、ほんのり朱色に染まっていた。

その色に名前をつけるとしたら――無難に『幸福色』あたりだろう。

「……美味しいです」

「それはよかった」

アレンもにやりと笑い、残るタルトをぱくついた。

やっぱり、悪くない味だった。

三章　イケナイ、ストレス解消法

「ふわ……あ？」

まばゆい陽の光をまぶた越しに感じ、アレンはもぞもぞと身動《みじろ》ぐ。

やがて意識がはっきりしてくる。

体のあちこちが痛み、どこで自分が寝ているかを思い出した。

けだるい体にむち打って、机からべりっと顔を引き剝がす。

「ふあ……まいったな。いつの間に寝てしまったんだ……？」

凝り固まった体を、椅子にかけたままぐいーっと伸ばす。

窓からは爽やかな朝日が差し込んでいた。

ここはアレンの書斎だ。

壁には本棚が並び、床のあちこちに棚に収まりきらなかった書物が山を作っている。

昨夜はここにこもって、考え事をしていたのだ。

キリのいいところで切り上げるつもりが、いつ寝落ちしたかもわからないほど熱中してしまったらしい。

「ふっ……ここまで熱を上げてしまうとは。しかし、あれだけ色々案が出たんだ。時間をかけた甲斐があるというものだろう」

突っ伏していた机には、閉じたノートが置かれていた。
アレンはそれをかざして、にやりと笑う。
表紙にはこう書かれていた。
『シャーロット調教計画～イケナイことリスト（仮）～』
シャーロット本人が見たら、『なんですかこれ!?』と目を丸くしたことだろう。
アレンはそれをぺらりとめくる。
隙間なく自分の字で埋まったページ。その一行目を、そっと指でなぞる。
「ケーキは良し。手応えがあった」
ケーキと書かれた行に、ぽんと花丸印が浮かび上がる。
アレンにとって、シャーロットは偶然出会った他人でしかなかった。
だがしかし、それは昨日で変化した。
アレンは彼女に、この世のありとあらゆる快楽を教えてやると約束したのだ。
約束したからには全力を尽くす。それが彼のモットーだった。
昨日のケーキは反応上々。
彼女は計三つ、ゆっくり味わって食べてくれた。
あとのケーキは保存して、毎日ひとつずつ大事に食べるらしい。

まさかケーキごときであれほど喜んでもらえるとは思っていなかったので、アレンは非常に気分が良かった。

だがしかし……食べ物だけでは芸がない。

「もっとだ……もっとあいつに、これまで味わったことのない経験をさせてやらないと……！」

だから頭をひねって、深夜遅くまであれやこれやと考えた。

それがこのノートだ。ここにはケーキ以上のありとあらゆる悦楽を刻みつけた。

「くくく……俺の天才的な頭脳が編み出した奇策だ。さぞかしシャーロットに効果抜群だろう！どれ、ひとまず確認してやろう！」

かくしてリストに目を通す。

そこに書かれていたのは――。

画期的な魔法理論論文を書く。

バカみたいに貴重な素材を使いまくり、魔法道具を作る。

自分に刃向かう愚か者どもを、生き地獄のフルコースに叩き込む。

エトセトラ、エトセトラ。

「…………絶対にシャーロットは喜ばないだろ」

これで喜ぶのはアレンだけだ。

結論。深夜テンションはゴミしか生み出さなかった。

アレンはノートをポイッと捨てて椅子を立つ。

切り替えの早さも、彼の数少ない長所のひとつであった。

「仕方ない。寝直してからまた考えよう」

そうして書斎を出た先で――。

「おっ」

「あっ」

シャーロットと鉢合わせた。

彼女は一瞬だけきょとんと目を丸くしていたが、はっと気付いたように頭を下げる。

「お、おはようございます。お早いんですね……もうお仕事ですか？」

「いや。単に書斎で寝てしまっただけだ」

「徹夜ですか……？　だ、ダメですよ、健康に悪いです」

「……だからこれから寝直すんだ」

慌てふためく彼女を見て、アレンは苦笑する。

シャーロットのことを考えて夜更かししてしまったと知ったら、さらに狼狽することだろう。だからアレンは絶対に理由を口にしないと決めた。

「そういうわけだ。朝食は必要ない。ひとりで勝手に食べてくれ」

「わ、わかりました。お昼になったら起こしましょうか？」

「ああ、頼む。ところで……なんだ、それは」

「これですか？」

そこでシャーロットが持っているものに気付いた。

物置に転がっていたはずの箒《ほうき》だ。あまり使わないので埃まみれになっていたはずだが、どうやら手入れしてくれたらしい。

大事そうにそれを抱えて、にっこりと笑う。

「玄関のお掃除をしようと思いまして。あっ、ダメでしたか……？」

「いや、別に問題はないが……そんなことまで頼んでいないぞ」

リビングやキッチンといった、生活に必要な場所は掃除が終わった。

あとは物置や庭の手入れで……そちらは急がないので、おいおい手をつけようとシャーロットと話していた。

ほかに任せた仕事はゼロだったはず。

そう言うとシャーロットは苦笑いを浮かべてみせる。

「お世話になっている身ですから。自分から色々お仕事しなきゃ、と思いまして」

「真面目だなあ……」

アレンは呆れつつも、ざっと目視で彼女の健康状態を探る。

肌艶よし、瞳孔よし、呼吸のリズムよし。

体調に問題は見当たらないので、任せてもいいのだが……それでも心配だった。

「朝くらいゆっくりしていいんだぞ」

「ええ、でも……習慣ですから」

「……家でも毎日掃除していたのか？」

「あはは……」

シャーロットはあいまいに笑う。

腐っても実家は公爵家だ。使用人など掃いて捨てるほどいただろう。

それなのに、あえてシャーロットに掃除をさせる……そこにどんな意図があったかは知らないが、十中八九愉快なものではないだろう。

それを想像して、眠気が一気に吹き飛んだ。

のんだくれた翌日の不快感を何百倍にも増したようなムカムカが、アレンの胃を占拠する。

おかげで眉にしわが寄った。

それをシャーロットはどう察したのか、あたふたと頭を下げてみせる。

「そ、それじゃ、おやすみなさい。お掃除は静かにしますね」

そう言って、彼女は足早に玄関へと向かっていった。

アレンはそれを見送るしかない。

後ろ姿が曲がり角の向こうに消えてから……あごを撫でる。

「……あんな扱いを受けて、まだ誰のことも悪く言わないとはな」

使用人同然どころか、それ以下の扱いを受け続けて。

そのうえ無実の罪で家を追われた。

それなのに家の者にも、元凶となった元婚約者の王子にも、恨み言のひとつも吐かないのだ。

もしもアレンが彼女の立場だったら、どいつもこいつも徹底的に叩き潰すところなのだが……。

「やはり、恨んでいないというよりは……恨みを抱けるような対象でないのかな？」

仮に思うところがあったとしても、口に出すことを憚《はばか》っている……そんな気配がした。

その根底にあるのは、彼らに対する恐怖感だったり、自己肯定感の低さだったりするのだろう。

それもまた、面白くないことこの上ない。

難しい顔をしたまま、廊下で唸《うな》り続けていると。

「おっはよーございま……ありゃりゃ？　どちら様ですにゃ？」

「あっ、え、えっと……」

玄関先から聞こえてくる、ふたつの声。

それを耳にして、アレンは弾かれたように飛び出していった。


自分史上最高速度で、玄関までひた走った先。

はたしてそこには、最悪の光景が広がっていた。

「ちょっと待ったぁ‼」

「あ、アレンさん」

「にゃあー？」

箒を持ったシャーロットと、配達に来たミアハ。

見事なタイミングで、彼女らが鉢合わせしてしまっていた。

というか、ミアハは毎朝ここに配達に来るのだから、あのままシャーロットを向かわせればマズいことは明白だった。考え事をしてしまったせいで頭が回らなかったらしい。

アレンはさりげなくシャーロットを背後に庇いながら、ミアハと向き合う。

「すまない、最近雇ったメイドでな。人見知りするタイプなんだ」

「へー。人嫌いのくせにメイドさんを雇うとか、やっぱり魔王さんは面白いお人ですにゃー」

「ま、魔王⁉」

呑気に言ってのけるミアハに、シャーロットがぎょっとする。

おかげでアレンは頭を抱えるのだ。

「あだ名だ、あだ名。不名誉なことだがな」

「お似合いの称号ではないですか。うーん、それにしても……」

ミアハは笑みを潜めて目を細める。

そうして見つめるのはアレンの背後――シャーロットの顔だ。

「メイドさんのお顔、なーんか見たことあるのですにゃ。具体的には最近の新聞で」

「っ……！」

シャーロットがハッと息を呑む。

もうほとんど肯定したに等しい反応だ。

アレンはため息交じりに、ミアハを説得する決意を固める。

この際、買収でもなんでもするつもりだった。知り合いを洗脳したくはないので、なるべく穏便にいきたいところだが……。

「……ミアハ。実はこれには訳があって――」

「大丈夫ですにゃ、魔王さん」

しかしミアハはさっぱりと笑って、胸を叩く。

「我がサテュロス運送社はお得意様第一ですにゃ。お得意様のおうちのメイドさんがどこの誰だろうと、知ったこっちゃないのですにゃ」

「……感謝する」

「いったいなんのことですかにゃー？」

ミアハはわざとらしく小首をかしげてみせる。

そんな彼女に、シャーロットもまたぺこりと頭を下げた。

「あ、ありがとうございます……」

「にゃはは。いいってことですにゃ。ニールズ王国は、うちの会社の縄張り範囲外ですからにゃー」

「……縄張りだったらどうしていたんだ？」

「うーーーーん。さあさあ、どうですかにゃー」

ミアハは『にゃはー』と笑って誤魔化した。

彼女の会社が国外進出していなくてよかったと、アレンは心から安堵して……そこでふと、思い出すことがあった。

「なあ、ミアハ。おまえの会社は、たしか通販事業もやっていたはずだよな？」

「はいですにゃ。日用品がメインになりますが、ご要望とあらばなんでも仕入れてご覧に入れますにゃ。手数料も良心設定。こちらがパンフレットになりますにゃ」

「頼もしい限りだな。どれどれ……」

ミアハから受け取った冊子をぱらぱらとめくる。

そこには食材や日用雑貨、ほかには衣服などが載っていた。

「これはいい。そら、シャーロット」

「は、はい？」

それをアレンはシャーロットにぽいっと手渡した。

目を白黒させる彼女にあっさり告げる。

「先日、あらかたの生活用品は買ってきたが、俺には女性が必要とするものはわからないからな。その中から欲しいものをリストアップしてくれ。注文しよう」

「あっ、はい。わかりました」

シャーロットはこくこくとうなずいて、興味深そうにパンフレットをめくってみせる。

目が少し輝いているし、ワクワクしているようだ。これまでまともに買い物なんてできなかったのだろう。

大事そうにパンフレットを抱きしめて、控えめに笑う。

「それじゃ、お願いします。お金はえっと……働いてお返ししますね」

「気にするな。必要経費だから俺が出す」

「ええっ!?　そ、それは悪いですよ……昨日はケーキもいただきましたし……」

パンフレットを抱きしめたまま、シャーロットは困ったように眉を下げる。

だが、アレンは譲らない。

「いいから好きなものを買うといい。少しでも遠慮が見えたら、そのパンフレットに載っている商品すべてを買い揃えてやるからな。ちゃんと選べよ」

「なんでそんなにいっつも極端なんですか!?」

シャーロットは青い顔で悲鳴を上げる。

昨日のケーキの件があるから、アレンが実際にやりかねないとわかるのだろう。

そんなやり取りを見て、ミアハがからからと笑う。

「にゃはは。メイドさんも大変そうですにゃあ。魔王さんの暴挙が嫌になったら、びしっと言わなきゃダメですにゃよ」

「い、いいえ、お世話になっている身ですし、そんなことは……」

「ええー。ミアハだったらこんな不遜な態度、必殺猫パンチも辞さないですにゃ」

そう言って、しゅっしゅとシャドーボクシングを始めるミアハ。

なかなか腰の入った、いいパンチだった。

「いいですかにゃ、ストレスはストレスの元にぶつけるに限るのですにゃ！」

「お得意様にずいぶんな物言いだな……うん？　待てよ」

そこでふと、引っかかりを覚える。

アレンはしばし考え込んで……ぽんと手を打った。

「それだ！」

「にゃあ？」

「へ……？」

かくして、次にシャーロットに課すイケナイことが決定した。


さて、次の日の正午過ぎ。

「ご注文の品、お届けにあがりましたにゃー！」

「うむ。ご苦労」

昼食を終えたころになって、ミアハが元気よく玄関扉を叩いた。

荷物をいくつも抱えた彼女をリビングに通す。

小さな布袋に、人が入っていそうな直方体の巨大な木箱。見るからに大荷物だが、ミアハは汗ひとつかいてはおらず、余裕綽々《しゃくしゃく》の表情だった。

布袋の方は、そばで見ていたシャーロットに手渡す。

「どうぞ。こっちはシャーロットさんから頼まれていた日用品ですにゃ」

「あっ、ありがとうございます」

それをおずおずと受け取るシャーロット。

いつの間にか呼び方が『メイドさん』から本名に変わっていたが、シャーロットは気付きもしない。どうやらミアハは本当に黙っていてくれるようだ。

「で、こっちは魔王さんのご注文の品ですにゃー」

「感謝する。さて、どれどれ……」

アレンの前にでんっと置かれたのは、巨大な木箱だ。

まるで棺桶のようなその蓋を開けて、そっと中身を確認する。

シャーロットも興味深そうにそっと覗こうとするのだが……その前に、アレンは蓋をパタンと閉じた。プレゼントはギリギリまで隠すのが筋というものだ。

「うむ。上々の品だな。それじゃ、こっちが今回の報酬だ」

「それじゃ確認しますにゃ。ひー、ふー、みー……ありゃ？」

銀貨を数えていたミアハが小首をかしげてみせる。

「だいぶ多いですにゃ。お釣りを用意するので待ってくださ――」

「必要ない。チップだ、受け取ってくれ」

「にゃにゃっ！　魔王さんったら気前がいいですにゃ！　ありがとうですにゃ！」

ミアハは満面の笑みで、銀貨をポケットに突っ込んだ。

一種の口止め料とも言える。これでシャーロットが守れるなら安いものだった。

財布をしまうアレンをよそに、ミアハは木箱をじーっと見つめる。

「それにしても……魔王さんってば、こんなものをどうするつもりなんですにゃ？」

「当然、使うんだが?」

「ええー。インドアっぽい魔王さんが?」

嘘に決まっていますにゃー、と失礼なことを言ってのけるミアハ。

そこで、アレンはシャーロットの肩をぽんっと叩いてみせる。

「違う違う。俺じゃなくて、シャーロットが使うんだ」

「えっ、私ですか?」

シャーロットがきょとんと目を丸くする。

まさか自分に水が向けられるとは思っていなかったのだろう。

「へえー。シャーロットさんって意外とアクティブなんですにゃー」

「い、いったいなにを買われたんですか……?」

「くっくっく……見て驚くなよ?」

かくしてプレゼントのお披露目だ。

アレンは不敵に笑って、ぱちんと指を鳴らす。

すると、木箱がばこっと音を立てて砕けた。

木切れが散らばるただ中に佇む中身とは――。

「……サンドバッグ?」

「その通り!」

戸惑うシャーロットをよそに、アレンは堂々と言ってのけた。

金属のポールによって吊り下げられた、文字通りのサンドバッグだ。

ボクシングのフォーム練習や、自主鍛錬に用いるスポーツ用品である。

「いやあ、こんなものまで届けてくれるとは。さすがはサテュロス運送社だな。今後ともよろしく頼む」

「もちろんお任せくださいですにゃ！　魔王さんなら優先して配達するですにゃ」

「い、いやあの……待ってください」

のほほんと話すアレンたちに、シャーロットが割って入る。

まるで理解ができないという顔だ。

アレンとサンドバッグを交互に見て、また首をかしげる。

「な、なんでこれを私が使うんですか？　あっ、ひょっとして運動のため……とか？」

「近いが、そうではない」

ばしっとサンドバッグを叩いてみせて、アレンは宣言する。

「これが今日のイケナイことだ！」

「い、イケナイこと……！」

シャーロットがごくりと喉を鳴らす。

一方で、ミアハは軽く引いた目をアレンに向けるのだ。

「は？　なんですかにゃ、それは。そういうプレイですかにゃ？」

「違う。話せば長くなるんだが……」

かくしてアレンが手短に事情を説明すると、ミアハは渋い顔でかぶりを振る。

「魔王さん、言葉のチョイスが最悪にもほどがあるですにゃ……でも、サンドバッグを殴るのが、なんでイケナイことになるのですにゃ？」

「まあ、これだけなら普通の運動だがな」

そこでアレンは懐から新聞の切り抜きを取り出す。

それをサンドバッグに貼り付ければ……準備完了だ。

「さあ、ストレス発散の時間だ！　こいつを思いっきりぶん殴れ!!」

「えええ!?」

シャーロットがすっとんきょうな声を上げる。

アレンがサンドバッグに直貼りしたのは、厳しい顔つきの壮年男性と、冷たい目の青年の顔写真だった。

それを凝視したまま、シャーロットは震えた声を上げる。

「こ、これって私のお父様と……」

「うむ。『元』婚約者だな」

アレンは鷹揚にうなずいてみせる。

なんとなく『元』の部分を強調してしまった。なんとなく。

「おまえに必要なのは、すべてを受け入れることじゃない。怒ることだ」

「怒る、こと……」

「そのとおり」

そっとシャーロットの手を取って、同じく注文しておいたグローブをはめてやる。

色は血のような赤だ。

完全にアレンの私怨《しえん》がこもったチョイスだが、特に説明はしなかった。

「我慢も時には大事だが、必要に応じて欲望を解放することも必要だ。そうしないと、いつか必ず破綻する」

やり過ごした感情は消えることはない。

心の奥底に溜まり続けて、やがて氾濫して己を壊す。

シャーロットにはそんな思いをさせたくなかった。

「なに、初めは誰しも戸惑うものだ。だが、そのうちそれが癖になる」

「魔王さん、言い方がいちいち悪役くさいのはなんなのですにゃ」

ミアハが呆れたようにぼやく。

しかしシャーロットは青い顔のままだ。サンドバッグに貼り付けられた王子と父の顔写真を見て、小さく肩を震わせる。

「で、でも……私は……怒ってなんか、いませんから」

「……あそこまで貶《おとし》められてもか？」

この写真を探すため、アレンはいくつもの新聞に目を通した。

そうして、隣のニールズ王国ではいかにシャーロットが『悪女』で通っているかを知った。

おまけに懸賞金まで出されているらしい。アレンが追い払った兵士たちも『生死を問わない』と言っていたし……もはやあの国に、彼女の居場所はどこにもない。

シャーロットは人生のすべてを奪われ、尊厳を蹂躙《じゅうりん》されたのだ。

それなのに、彼女は怒りの言葉をひとつたりとも発さない。

ただ諦めたように笑うだけだ。

「……王子様も、お父様も、きっと理由があったんですよ」

「なにか理由があったら、おまえをボロ雑巾のように捨ててもいいというのか⁉」

「……仕方ありません」

シャーロットはゆるゆるとかぶりを振る。

「お父様にはここまで私を育ててくださったご恩が。王子様には私のような者が婚約者で……迷惑をおかけした申し訳なさがあります。恨むなんてこと、できません」

「……」

どうやら問題の根はあまりに深そうだ。

サンドバッグはアレンが立てていた計画の、ほんの一部に過ぎない。

おおまかなプランはこうだった。
一、シャーロットに恨みを自覚させる。
二、そのまま隣国に乗り込んで、王子の悪事を暴く。
三、シャーロットの無実は晴れて、悪党どもはお縄につく。

四、ハッピーエンドの万々歳！

……だがしかし、その青写真はここに来て破棄せざるを得なくなった。

このプランだけではシャーロットの心は癒やせないだろう。

なにしろ彼女は自分の心ときちんと向き合えていないからだ。

己の心を抑圧することに慣れてしまい、自分がどう感じているかを表に出すことを恐れている。

もしくは、感じることを放棄している。

そうしないと、これまで生きてこれなかったから。

自分を守るために作り上げたはずの殻が、今では自分の首を絞めてしまっているのだ。

仮に自分の汚名が晴れて、王子などが断罪されたとしたら……喜ぶどころか、自分のせいで人が不幸になったと気に病むだろう。

そこでミアハがちょいちょいっとアレンの袖を引く。

「魔王さん。お客さんのご家庭に首を突っ込むのは、あんまりお上品とは言えないと思うのですがにゃあ……」

ためらいがちにシャーロットを見て、そっと声のトーンを落とす。

「シャーロットさん……もうちょっとだけ、そっとしておいた方がいいと思うのですにゃ」

「それには俺もほぼ同意だがな」

「『ほぼ』？」

シャーロットの心の傷はあまりに深い。

それを解決するには時間が必要だ。

だがしかし……ただ漫然と時を待つだけなんて、アレンの性に合っていなかった。

「シャーロット」

「は、はい？」

じっとうつむいていた彼女に声をかける。

グローブを装着していたままの手をそっと握って。

「だったらサンドバッグのかわりに……俺を殴れ」

「…………はい？」

「はあー………？」

シャーロットばかりか、ミアハも目を丸くして固まってしまう。

しんと静まり返ったなか、アレンは首をひねる。

「む、聞こえなかったのか？　俺を殴れと言ったのだが」

「魔王さん……そういう趣味があったのですにゃー……」

「勘違いするな。これもイケナイことの一環だ」

じとーっと白い目を向けるミアハに、アレンは肩をすくめてみせる。

そうしてシャーロットに向けて両手を広げてみせた。

「さあ、サンドバッグのかわりだ。思いっきりぶん殴るといい」

「っ……なんでですか⁉」

シャーロットは真っ青な顔で叫ぶ。まあ、予想通りの反応だった。

グローブをつけた手を胸に抱いて、ぶんぶん首を横に振る。

「そんなことできません！　アレンさんにはお世話になっていますし……無理です！」

「できないとか、できるとかじゃない」

アレンはにっこりと笑う。

そうして立てた人差し指をついっと曲げて『来い』と示す。

「や・る・ん・だ」

「はっ……!?」

刹那、シャーロットの右腕が跳ね上がる。

そのまま彼女は腰を沈めて思いっきり振りかぶり――。

「ごふっ!?」

「アレンさぁん!?」

アレンの頬に、きれいなコークスクリュー・パンチを炸裂させた。

おかげで彼は三メートルほど吹っ飛ばされた。

せっかく掃除したリビングに、天井から埃が舞い落ちる。

床に転がりうめくアレンに、シャーロットが慌てて駆け寄ってくる。

「い、今のはなんなんですか……!?　か、勝手に、グローブが動いて……！」

「ふっ……魔法だ。おまえの右腕を操って、俺を殴らせた……いいパンチだったぞ」

「ミアハはいったいなにを見せられているのですにゃ……」

ミアハが変質者でも見るような目を向けてくるが、かまっている余裕はなかった。

アレンは己の怪我の具合を確かめる。

口の中と唇を少々切ったが、歯も骨も無事。口の端ににじんだ血をぐいっと拭い、青い顔のシャーロットに笑いかける。

「いいか、シャーロット。これだけは言っておく」

「な、なんですか……⁉」

「俺は殴られようと、踏まれようと、悪態をつかれようと。なにがあってもおまえを見捨てない」

「……っ」

「あにゃー……？」

シャーロットは言葉を失って、ミアハは少し目をみはった。

伝えたかったのはこれだけだ。

アレンは彼女の味方である。

どんなことがあってもそれは変わらないし、変えるつもりもない。

昨日今日出会ったばかりの少女に誓うにしては、あまりに度を過ぎた告白だとわかっていても。

言わずにはいられなかった。

「ここはエヴァンズ家じゃない。おまえはなにを感じてもいいし、なにを言ってもいい。自由なんだ」

「じ、ゆう……」

シャーロットは初めて聞いた単語とばかりに、その言葉をぼんやりと口にする。

しかしすぐにハッとするのだ。

「それを言うために……ご自分を殴らせたんですか⁉」

「当たり前だろう。ここまでしないとおまえは考えを変えないだろうからな。ショック療法というやつだ」

「捨て身にもほどがあります！」

シャーロットは顔を真っ赤にして怒る。この家に暮らしてから、初めて見せる顔だった。

（なんだ、怒るときにはちゃんと怒れるんじゃないか）

ちょっと安心したが、それはシャーロット本人には言わなかった。火に油を注ぐだけだと分かっていたし、なにより怒った彼女は少しばかり怖かった。

おかげでアレンはたじろぐしかない。

「そ、そうは言ってもな、この程度の怪我ならすぐ治せるんだ。ほれ」

簡単な治癒魔法を自分にかける。

すると頬の腫れは引き、口の中の鉄錆味もきれいさっぱり消えた。

「このとおり。取り返しのつかないことなんて、なにもない。だからおまえには、あらゆるものを怖がらずにいてほしいんだ」

「アレンさん……」

シャーロットはほんの少し目を丸くする。

だが……すぐに元の怒り顔に変わってしまった。

「でも、さっきアレンさんが痛い思いをした事実は変わりませんよね」

「うっ……それはまあ、そうだが」

「こういうことは今後一切やめてください。心臓がいくつあっても足りません。いいですね？」

「わ、わかった……」

アレンはおずおずとうなずくしかない。

怖いもの知らずの彼ではあるが、シャーロットの本気の怒りが伝わってさすがに堪《こた》えた。

すると……シャーロットはわずかに相好を崩してみせる。

「……これまで、私は色んなことを怖がって生きてきました」

シャーロットはどこか遠い目をして言う。

「でも……もういいんですね」

「……もちろんだ」

その手をそっと握る。

グローブ越しに、シャーロットの緊張が伝わった。

彼女は決意のこもった目でアレンを見つめる。

「すぐには無理かもしれませんけど……私、頑張ります。自分の思っていること、ちゃんと言えるようになりたいです」

「うむ。急がなくていいぞ。俺はいつまでだって付き合うからな」

アレンはそれに笑いかける。

ストレス発散という当初の予定からはずいぶん外れたが……まあ、最初のステップとしては悪くないだろう。

（シャーロットは、ここからやり直すんだ。俺はゆっくりそれを見守ろう）

そこでふと、所在なさげに佇むサンドバッグが目に入った。

そのついで、そばのミアハに苦笑を向ける。

「すまないな、ミアハ。せっかく持ってきてもらったのに……こいつを使うのは当分先になりそうだ」

「いやいや、とんでもないですにゃ」

ミアハは、何故か満面の笑みでかぶりを振る。

アレンの顔をのぞき込み、ゴロゴロと喉を鳴らしながら言うことには。

「それより、今後とも我がサテュロス運送社をご贔屓《ひいき》にお願いしますにゃ」

「うん？　それはもちろんだが。なぜだ？」

「だって、これから色々ご入り用だと思いますからにゃ！　ダブルベッドに指輪に……ベビーグッズも近々必要になりますかにゃ！　やー、運び屋の腕がなりますにゃー！」

「なぜそんなものが必要に……？」

「さあ……？」

ひとり盛り上がるミアハとは対照的に、アレンとシャーロットは顔を見合わせるばかりだった。

四章　兄妹のイケナイ対決

　ある小春日和の日。

　アレンの屋敷を遠くから睨み、仁王立ちする人影があった。

「あそこ……か」

　人影はじっと屋敷を見つめていたが、やがて意を決したように歩きはじめる。

　その眼差しはギラつく光を帯びていたが……当然ながら森にほかの人影はなく、それを気に留めるものは誰もいなかった。


　ちょうどそのころ。

「よし、シャーロット！　問題だ！」

「は、はい？」

　ふたりで昼食を取っていたところ、アレンが突然そんなことを言い出した。

　おかげでシャーロットはサンドイッチを持ったまま、きょとんと目を丸くする。

　今日のお昼は簡単なサンドイッチだ。パンと具を切って挟めば、それなりの見栄えになるお手軽料理。

　もともとアレンは食事にこだわりがない性分であったが、シャーロットが来てからは栄養面だけでなく見栄えも多少は気にするようになっていた。

アレンは両手にふたつのポットを掲げている。

片方はコーヒー、もう片方は紅茶だ。

「コーヒーと紅茶、どっちが好きだ？」

「えっと、アレンさんと同じものを……」

「俺は特製のゲロマズ栄養ポーションをいただくが、本当に同じものでいいのか？」

「……お紅茶で」

シャーロットはじっくり悩んだ末にそう答えた。

アレンは満足して紅茶の用意を始める。

「昨日言ったろう、素直になると。それにはまず、好きなものを自覚するところからだ」

「紅茶かコーヒーかを選んだだけですよ。大袈裟です」

「だが、これまではそんな自己主張もできなかったんだろう」

「それは……そうですけど」

シャーロットはサンドイッチをちまちまとかじる。

そうして、ふっと苦笑してみせた。

「たしかに、自分で何かを決めたのなんか……ここ何年かだと、あの家を出るって決めたことくらいです」

「家出の次がこれか！　なかなか重大な決断続きだな！」

アレンはくつくつと笑う。

「そのうちに趣味も作れるといいな。なにか挑戦したいことがあれば、なんでも言ってくれ」

「挑戦したいもの……ですか」

シャーロットはサンドイッチをくわえたまま、ぼんやりと考え込む。

その瞳が見ているものはアレンにはわからない。だからそっとしておこうと思った。

ただ……この調子なら、物置に突っ込んだサンドバッグを引っ張り出す日も案外近いかもしれない。そんな予感を覚えた。

しばしふたりは黙り込む。

聞こえてくるのはお湯が沸く音と、外の森から届く鳥の囀《さえず》り。

それらが調和して、静かな時間がゆっくりと過ぎていき――。

「やーっと見つけたぁ！」

「ひゃうっ⁉」

「げっ」

勢いよく扉が開かれて、突然の闖入者《ちんにゅうしゃ》が現れた。

おかげでシャーロットが椅子に座ったまま飛び上がり、アレンは思いっきり顔をしかめてしまう。

勇ましく乗り込んできたのは、シャーロットと同じくらいの年頃の少女だ。

小柄ながらに出るところは出て、引っ込むところは引っ込む抜群のプロポーション。

大きな黒い瞳は燃えるような活力に溢れている。

身にまとうのはアレンのものとよく似たローブだが、猫耳風のアレンジが加わっていた。

おまけに肩までの黒髪にはカラフルなメッシュが入り、胸元を大きく露出して下は超ミニなスカート。

魔法使いというよりも、攻めたアーティストといった風貌である。

「はあ……こんな忙しいときに、よりにもよっての客人か」

見知った顔を前にして、アレンはため息をこぼすしかない。

紅茶のポットに茶葉をセットし、お湯を入れる。

分量は突然のお客様の分も合わせて三人分だ。

「今後の参考のために聞かせてくれ。いったいどうやってここを突き止めたんだ」

「簡単よ。手紙に付着した花粉からこの地方を割り出して、変わり者の魔法使いがいないか、シラミ潰しに聞いて回ったの」

「ちっ……的確な知識と無駄な行動力のたまものか」

次からはもっと上手くやろう。

そんな決意を抱きつつ、アレンは紅茶を淹《い》れていく。

一方、シャーロットは目を丸くしたまま、おずおずと問いかけてきた。

「え、えっと……アレンさん、こちらの方は？」

「それはこっちのセリフなんだけど……でもいいわ。自己紹介といきましょうか」

少女は胸を張って、堂々と名乗る。

「あたしの名前はエルーカ・クロフォード！　おにいの妹よ！」

「妹さん⁉」

「ああ。義理の、だがな」

自分のティーカップに砂糖をどかどか入れながら、アレンはぼやく。

「それで用件はなんだ。ひょっとして、叔父上はまだ俺を連れ戻そうとしているのか？」

「まさか。パパはもう諦めてるわよ」

エルーカは呆れたようにそう言って、出された紅茶に手をつける。

立ったままぐいっと飲み干してから、雑に肩をすくめてみせた。

「おにいみたいな一匹狼に、学院のポストは務まらないってね。それならフラフラしつつ研究結果を発表してもらった方が、よっぽど成果があるってものよ」

「なんだ、ようやくわかってくれたのか」

「あたしに言わせればヌルいの一言だけどねー」

じとーっとした目でアレンを睨むエルーカだった。

そんななか、シャーロットが控えめにアレンの袖を引く。

「アレンさんにとってはおじさんなのに、妹さんにとってはパパさんなんですか？」

「ああ。言ったろ、こいつは俺の義理の妹なんだ。血は繋がっていない」

アレンはエルーカを顎で示す。

実際、彼女とアレンはあまり似ていない。

共通点といえば髪色くらいだが、エルーカが黒なのに対して、アレンは黒と白の半々だ。

「俺は幼少期に親を亡くしてな。遠い親戚であるクロフォード家に引き取られたんだ。エルーカはそこの娘。おまえと同じ十七歳だぞ」

「そ、そうだったんですか……すみません。ご家庭の事情を詮索したりして」

「別にかまうものか。知られて困るものでもないしな」

「いや、あたしは現在進行形ですっごく戸惑ってるんだけど」

エルーカは仏頂面でシャーロットをじーっと見つめる。

「この人誰？　おにいの彼女？」

「かっ……！」

その瞬間、シャーロットの顔が耳まで真っ赤に染まった。

あわあわと慌てながら、アレンとエルーカを交互に見やる。

「ち、違います！　でも、その、えっと、あの……そう見えるんでしたら、うれし――」

「そうだぞ、エルーカ。失礼なことを言うな」

「えっ……」

なぜかショックを受けたように凍りつくシャーロット。

そんな彼女の肩をぽんっと叩き、アレンは言ってのける。

「こんな性格破綻社会不適合者兼、陰険天才魔法使いと恋仲などと誤解されては、シャーロットとしては反吐《へど》が出る思いだろう。こいつの名誉のためにも、そこはきちんと否定しておくぞ」

「そんなこと思っていませんからね!?」

「おにいはたまに自己評価が完璧すぎるんだよねー」

エルーカは不思議そうに顎をなで、シャーロットを凝視する。

「じゃあ、彼女じゃないならどこの誰？　なんでおにいなんかと一緒にいるのよ。ボランティアか、訪問販売員か、それとも宗教の勧誘？」

「そ、それは、えっと……」

当然、シャーロットは答えに窮する。

しかしアレンはさらっと言ってのけるのだ。

「こいつはシャーロット・エヴァンズ。隣国から逃げてきたお尋ね者だ」

「ちょっ、アレンさん!?」

「はあー……？」

理解不能、と首をひねるエルーカ。

そんな妹に、アレンはこれまでのあらましをざっくりと説明した。

シャーロットは無実の罪で国を追われたこと。

行き倒れていたところをアレンが拾って匿《かくま》っていること。

今現在はいろいろと『イケナイこと』を教え込んでいる最中ということ。

説明が終わると、シャーロットは真っ青な顔でアレンに耳打ちする。

「い、いいんですか……⁉」

「今誤魔化したところで、どうせこいつは自力で調べる。なら正直に説明した方が早いだろう」

「で、でも、妹さんですし……アレンさんのことを心配するんじゃ……」

シャーロットは気遣わしげにエルーカを見やる。

エルーカはしばらくしてから、特大級のため息をこぼして額を押さえてみせた。

「はあ……おにいはバカだバカだとかねがね思っていたけど違ったわ。大バカものよ」

「ほう。それはどうしてだ」

「そんなの決まってるでしょ！」

エルーカはびしっとアレンに人差し指を突きつける。

そうして叫ぶことには――。

「食べ物を与えたり、自分を殴らせたりとかじゃなくて……もっと女の子がよろこぶようなイケナイことを教えてあげなさいよ！」

「ツッコミどころはそこなんですか⁉」

全力でツッコミを入れるシャーロットだった。

だがエルーカはおかまいなしだ。

彼女の手をぎゅっと握って、大きな目を潤ませる。

「これまで大変だったでしょ……！　よく頑張ったわね、あたしにできることがあったらなんでも言ってちょうだい！　全力で協力しちゃうんだから！」

「あ、ありがとうございます……？」

シャーロットは戸惑いながらも、おずおずとうなずく。

「あの……私のことを信じてくださるんですか？」

「えっ、なんで？」

「だってあの、自分で言うのもなんですけど……私、すっごく怪しいですよ？」

「でも、おにいが信じたんでしょ？」

エルーカは小首をかしげる。

そうして、からっとした笑顔を浮かべてみせた。

「だったら大丈夫よ。おにいはこんなのだけど、悪人を見分ける嗅覚だけはマジで犬並みだから」

「褒めるならもっと直球に褒めろ」

アレンはエルーカをジト目で睨むしかない。

会うのは一年ぶりくらいだが、相変わらず兄に当たりがきついし、アレンに似て純度の高いお人好しだ。変わっていなくてある意味で安心した。

「で、本当の用件はなんなんだ？」

「直球に言って、おにいを連れ戻しに来たんだけど……」

そこで言葉を切って、エルーカはシャーロットにぎゅーっと抱きつく。

「もうそんなのどうでもいいわ！　あたしもシャーロットちゃんを可愛がる！　イケナイことを教えちゃうんだから！」

「ええ……ひょっとして居座る気か」

「当然でしょ。どのみち、こっちの地方の調査も兼ねて来たんだし」

「調査……ですか？」

小首をかしげるシャーロットに、エルーカはにこやかに告げる。

「うん、あたしこう見えて魔法道具技師見習いなの。魔材系のね」

「ま、ざい……？」

「まあ要するに、魔物の骨とか皮を使った魔法道具ってこと。だから世界中を飛び回って素材を集めてるんだー」

魔法道具はさまざまな種類が存在する。

普通の道具に魔法をこめただけのものや、魔物の素材を使って威力を高めたもの、自然発生的にできるもの……などなど。

エルーカはざっくり説明するが、シャーロットは目を白黒させるばかりだ。

どうやら魔法関連の話にはきわめて疎いらしい。

「ひょっとして、魔法についてまったく知らないのか？」

「べ、便利なものとしか……不勉強ですみません」

シャーロットはしゅんっと肩を落としてしまう。

家では花嫁修業と家事ばかりだと言っていたし、魔法なんて学ぶ機会はなかっただろう。

そんな彼女を励ますように、エルーカはからっと笑ってみせる。

「逆に教え甲斐があるってものよ！　おにいも腕が鳴るでしょ、昔取った杵柄《きねづか》ってやつ？」

「昔、ですか？」

「ええい、俺のことは今はいいんだ」

アレンはため息をこぼしつつ、手を軽く振る。

そのついで、エルーカをじろりと睨《ね》めつけた。

「居座るのは結構だがな。おまえがシャーロットにイケナイことを教え込むだと？　はっ、笑わせるなよ」

「むっ、どういう意味よ」

エルーカが顔をしかめるが、アレンは口の端を持ち上げて不敵に笑う。

シャーロットの後ろに立って、彼女の肩をぽんっと叩き——宣言する。

「こいつに、一番上手にイケナイことを教えられるのは、この俺だ！　先ほど知り合ったばかりのおまえに出る幕はない！」

「なにをー!?」

「えっ、えっ？」

シャーロットは目を丸くしてふたりの顔を交互に見やる。

だがしかし、エルーカは頭から湯気を立ててアレンと睨み合う。

「女には女にしか教えられない悦びってものがあるのよ！　あたしのイケナイことテクニックで、シャーロットちゃんを骨抜きにしてやるんだから！」

「バカを言え！　俺は四六時中シャーロットに教えるイケナイことについて考えているんだぞ！

俺に敵《かな》うわけがないだろう！」

「これ、いったいなんの話なんですか……？」

渦中のシャーロットは首をかしげるばかりだが、兄妹の睨み合いは続く。

ふたりとも、これ以上言い争いをしても埒《らち》が明かないとわかっていた。

「だったら……勝負といこうじゃない」

「はっ、懐かしいな。久々にやるか」

ふたりはどちらともなく拳を突き出し……ぶつけ合う。

「どっちがシャーロットにイケナイことを教えられるか……勝負だ！」

「望むところだぁ！」

「えええ……」


そういうわけで、三人は街にやってきた。

「どういうわけですかぁ!?」

「なんだ、なにが不満なんだ」

裏返った悲鳴を上げるシャーロットに、アレンは小首をかしげる。

ここはアレンの暮らす屋敷からほど近い街だ。

そこそこ広く、近くに手頃なダンジョンが何箇所かあるため、人の出入りも多い。ミアハの所属する運送会社の本社も、この街に存在している。

昼を少し過ぎた時間帯ということもあって、大通りはごった返していた。

その片隅で、シャーロットは建物の陰に隠れてビクビクしている。

頭には屋敷から持ち出した布切れを被っていて、かなりの挙動不審だ。

そんなシャーロットに、エルーカは肩をすくめて平然と告げる。

「だって、あたしとおにいのどっちがシャーロットちゃんを喜ばせられるかって勝負だし。あんな陰気な屋敷じゃ、できることなんて限られるでしょ」

「買い出しがてらにちょうどいいだろう。おまえもたまには外の空気を吸うべきだしな」

「でも、私はその……お尋ね者なんですよ⁉」

シャーロットはきょろきょろとあたりを見回す。

ちょうど折の悪いことに、街の掲示板にはいくつもの手配書が貼り付けられていた。

その中の真新しい一枚は……間違いなく、シャーロットのものだ。

「出て行ったら、絶対に捕まっちゃいますよぉ……そ、そんなの嫌です……アレンさんや、エルーカさんに、ご迷惑がかかっちゃいますよぉ……」

「この期《ご》に及んで他人の心配か。おまえらしいな」

ぐすぐす鼻を鳴らすシャーロットに、アレンは苦笑する。

ハンカチを貸してやりながら、なるべく優しい声で語りかけることには――。

「大丈夫だ。心配はいらない。俺に任せておけ」

シャーロットの髪にそっと触れ、ぱちんと指を鳴らす。

「《転姿《シェイプ・シフト》》」

「ひゃっ」

淡い光がシャーロットの髪を包み、すぐに消えた。

手鏡を渡せば、シャーロットは目を丸くする。

「か、髪が……！　黒くなってます！」

「うむ。簡単な変装魔法だ」

シャーロットの美しい金の髪は、夜闇のような漆黒に染まっていた。

自分の姿が物珍しいのか、シャーロットはまじまじと鏡の中を凝視する。

「これで髪型を変えれば、そうそうおまえの正体はバレないだろう。俺たちも注意してやるから安心しろ」

「あ、ありがとうございます」

「ふふーん、アレンジはあたしに任せてよね！」

エルーカはシャーロットに飛びついて、長い髪を好き勝手にいじりはじめる。

「うんうん、よく似合ってるよ！　黒髪だし、あたしとおそろいだね！」

「は、はい。アレンさんとも……半分おそろいですね」

「まあな」

照れたようにはにかむシャーロットに、アレンは肩をすくめてみせた。

そのついでに彼女の黒髪をじーっと見つめる。

我ながらいい腕だ。艶もあるし枝毛もない。

きれいな黒髪なのは間違いないのだが……。

「だが、家に帰ったらすぐその魔法を解くぞ」

「えっ、そ、そうですか……」

「えー！　なんで！　黒髪もいいじゃんか！」

ぶーぶー、とエルーカがブーイングを上げる。

シャーロットも心なしかしゅんとしてしまう。

だが、アレンは断固として曲げなかった。

「黒も悪くないが、やはりシャーロットに似合うのは金色だ。俺はあっちが一番好きだ」

「は…………」

なぜかシャーロットは言葉を失い、固まってしまう。

エルーカも目を丸くして黙り込むし。

おかげでアレンは首をひねるしかない。

「む？　何かおかしなことを言ったか？」

「…………い、いえ。なんでもないです……」

「ちょっと、おにい。もう点数稼ぎ？」

顔を真っ赤にしてうつむくシャーロットだった。

エルーカはジト目を向けながらも、手早く彼女の髪をまとめ上げた。

そうしてシャーロットの手を取ってにっこり笑う。

「よし、髪はこれで完成。あたしもおにいに負けてらんないね。全力で女にしかできないイケナイことを教え込んであげるんだから！」

「お、女の子にしかできないイケナイことって……なんですか？」

「ふっふーん、そんなの決まってるでしょ」

エルーカはニヤリと笑って――びしっと大通りを指し示す。

その先にそびえ立つのは、いかにも女子が好みそうな店たちだ。

「もちろん、オシャレに決まってるわ！　お洋服やらアクセサリーやら、たくさん見繕ってあげるんだから！　さ、行こ！」

「あわわ！　待ってください！」

「こら、走ると転ぶぞ」

手を繋いだまま駆け出すふたりを追って、アレンはやれやれと歩き出した。


アレンは五日に一度くらいの頻度でこの街にやってくる。

主な用事は日用品や食料の買い出し。あとはちょっと魔法道具屋をのぞいたり、本屋をひやかしたり……アレンひとりだと、その程度の場所にしか用事がない。

だからまさか自分がこんな店に足を踏み入れることになるなんて、思いもしなかった。

「ほらほら！　シャーロットちゃん、こっちも似合うよ！」

「えっ、えっ、あの」

戸惑うシャーロットに、エルーカが次々と服を手渡していく。

それをアレンは数メートル離れた場所で、じーっと見つめていた。

全力で気配を殺しつつ。

（入店前からわかっていたことだが……場違いで気まずい……）

店の中をぐるりと見回すが、男性客はアレンだけだ。

ほかはみな若い女性で、きゃいきゃい&きゃぴきゃぴしている。

内装はファンシーそのもの。広い店内には女性ものの服がたくさん並んでいて、靴やアクセサリーなんかも棚に飾られている。

街の中でも一、二を争うくらい人気のブティック……らしい。

満ちる空気は『陽』そのもの。

自他共に認める『陰』キャラであるアレンにとっては、完全に世界が違う場所だった。

「いらっしゃいませ～。お付き添いですか？」

「お、おかまいなく……」

若い女性店員がにこやかに話しかけてくるのも、キツい。

しかし店外に逃げることはできなかった。エルーカとの勝負があるからだ。

どちらがシャーロットを喜ばせるか。

そんな基準の曖昧な勝負に、アレンもエルーカも全力だった。

（思えば子供の頃も似たような感じだったな……）

アレンがクロフォード家に引き取られたのは九つのとき。

そのとき、エルーカはまだ五歳だった。エルーカは年の差をものともせず、突然できた兄に付いて回っていろんな勝負を挑んだものだ。

かけっこやチェス、魔法などなど。

当然、毎度アレンが圧勝だったが、エルーカはめげることなく挑み続けた。

ひょっとすると、あれは彼女なりにアレンと打ち解けようと努力した結果なのかもしれない。打ち負かし続けたのは大人げなかったか、と少しばかり反省する。

「ちょっとおにい！」

「む？」

顔を上げれば、エルーカがこちらをジト目で見ていた。

「ぼーっとしないでよ。ほらほら。どうよ、シャーロットちゃんの変身後」

「ほ……う？」

「は、はうう……」

いつの間にか、シャーロットは店の服に着替えていた。

フリル多めの白いブラウスに、ふんわりした形の花柄スカート。

首元には薄手のスカーフが巻かれていて涼やかだ。

最初に出会ったときのドレスに比べたら、生地もデザインもずいぶん庶民的。ただ、こちらの清楚な出で立ちの方がずっと彼女に似合っていた。

だがしかし……ひとつ、大きな問題があった。

「それは……短すぎないか……？」

「はあ？　これくらい普通だし、かわいいじゃん」

エルーカは平然と言ってのけるが、シャーロットのスカートは極端なミニだった。

白い太ももが露出していて、おもわずそこに釘付けになってしまう。

最近アレンが食事とおやつを適度に与えているせいか、健康的にふっくらしている。すべすべしている。

それ以上の感想が出てこなくて、アレンは固まってしまう。

だがエルーカは絶好調だ。シャーロットに飛びついて、頬ずりしてみせる。

「ほんっと超かわいいー！　スタイルもいいし、あたしの見立てに間違いはなかったね！　超似合ってるよ☆」

「で、でも、やっぱり恥ずかしいです……」

シャーロットはスカートの端を押さえてもじもじする。

眉をへにゃりと下げて、耳まで真っ赤だ。

これまでこんな短いスカートなどはいたことがないのだろう。

すり合わせる太ももも、ほんのりピンク色に染まっていて――。

「ぐっ、ふ……！」

「へ⁉　アレンさん！」

くぐもった声を上げて、アレンはその場に崩れ落ちる。

おかげでシャーロットが心配そうに駆け寄ってきた。

「だ、大丈夫ですか⁉　ひょっとして体調がお悪いんじゃ……」

「……ああ。問題ない」

彼女に青白い顔を向け、アレンは力なく笑う。

「心を静める必要があったのでな。ちょっと心臓を止めてみただけだ」

「そんな気軽に止めていいものなんですか⁉」

ドン引きの声で叫ぶシャーロットだった。

一方でエルーカは呆れたように肩をすくめてみせる。

「相変わらず、おにいは息をするように無茶するんだから。ほらほら、シャーロットちゃん。こんなバカほっといて次はこっちを着てみてね」

「で、でも心臓が止まったんですよ⁉　お医者さんに行った方がよくないですか⁉」

「一秒か二秒でしょ、問題ないない。さ、行った行った」

エルーカは慌てふためくシャーロットに服の山を渡し、試着ブースに押し込んだ。

有無を言わせぬ手際の良さに、アレンは舌を巻いてしまう。

かくして試着ブースの前にはクロフォード兄妹だけが残された。

「それで……」

　エルーカはちらりとアレンを見やる。

「あたしにできることって、何かある？」

「とりあえず、ニールズ王国の現状を知りたい」

　アレンはゆっくりと立ち上がり、顎を撫でる。

　カーテン一枚を隔てた向こう。

　シャーロットには決して届かないくらいの小声を心がけて、淡々と話す。

「一度は追っ手をうまく撃退したんだがな。それで追跡を諦めてくれたのか、それともまだ躍起になって捜しているのか。新聞だけではその辺がどうも見えてこない」

　一時期、新聞の一面を賑わせていたニールズ王国の事件だが、最近ではとんと紙面で見なくなっていた。

　センセーショナルな事件には違いないが、続報がないと記者も書きようがないのだろう。

　だからあちらの情報がほとんど入ってこない。

　情報屋を当たってもいいのだが……下手に勘繰られても面倒だ。

「だからかわりに調べてくれるか？」

「任せなさいな。ニールズ王国にもパパの知り合いがいるだろうしね。それとなく探ってみるよ」

　エルーカはウィンクひとつ返してみせる。

「そのついでに、例の王子とか、あの子の家のこととかも調べてあげよっか」

「……まあ、そっちはまだいいだろう」

「ありゃ、泳がせとく気？　それにしたって情報を得るのは大事だと思うけど」

「調べたら……知ってしまうだろう」

アレンは小さくため息をこぼしてみせる。

気にならないといえば嘘になる。シャーロットを貶《おとし》めたのがどんな人間なのか、彼女がこれまでどんな扱いを受けて生きてきたのか。

だがしかし、それを知ってしまったら――。

「知ってしまったら、黙ってなどいられない。シャーロットの気持ちも無視して俺はあの国に乗り込んでしまうだろう。だから、まだ当分は調べなくていい」

「ふーん」

「……なんだその顔は」

「いやいや、おにいも変わってきたなあって」

エルーカはにやにや笑いながら、アレンの脇腹をつんつんする。

「おにいが誰か個人をここまで気にかけるなんて、これまでなかったじゃん。いいことだよ」

「……そうか？」

アレンは首をひねる。

たしかに家族以外の他人をここまで気にかけ、心配したためしはあまりない。

だがしかし……それが何故『いいこと』につながるのかはわからなかった。

「そんじゃ言われたことだけ調べてあげる。報酬は――」

「言っておくが実家には帰らんぞ」

「でしょーね」

エルーカは呆れたように笑う。

そうしてシャーロットのいる試着ブースをちらりと見やった。

「ま、まだしばらくは待っててあげるよ。シャーロットちゃんのこともあるしね。かわりにあたしの魔法道具作りを手伝ってよ」

「いいぞ、その程度で済むなら安いものだ」

「やった！　おにいがいるなら百人力だよー」

エルーカはにこにこ笑って、アレンの肩をばしばしと叩く。

有能だし話も早い、できた妹だ。自分に似て陰キャラにならなくてよかったと、心から思った。

「あのー……」

そこで試着ブースの中から、声がかかった。

（まさか、今の話を聞かれたか……!?）

聞かれたからといって、さして困るような話でもない。

だがシャーロットの顔は間違いなく曇るだろう。あんな顔はもう二度と見たくない。

アレンは息を呑むのだが、かわりにエルーカが自然な調子で話しかける。

「うん？　どうかした？」

「すみません……ちょっと、背中の金具がうまく留められなくって……」

「なるほどなるほど！　ちょっと待っててねー」

エルーカは何のためらいもなく試着ブースに入っていった。

おかげでアレンは慌てて目をそらす羽目になる。隙間からわずかに肌色が見えたが、自身に洗脳魔法をかけることでその刹那の記憶をきれいさっぱり消し去った。

しばしアレンはカーテンの外で、衣ずれの音と女性陣のきゃっきゃとした声をじーっと聞いていた。

「首の後ろの留め具かな。どれどれ、ちょっと後ろを向いてくれる？」

「こ、こうですか？」

「うーん……なるほど。これはたしかに留めにくいよねえ」

なんの変哲もない会話。

そこでアレンはふと眉をひそめる。

(今、エルーカの声が少しこもったな？)

なにかに気付いたような、ハッと息を吞んだような、そんな感じだった。

しかしその変化は些細なもの。うまく取り繕ったので、シャーロットは気付きもしなかったようだ。

アレンは首をかしげる。

そうするうちに、カーテンがさっと開かれた。

シャーロットは先ほどとはまた違った出で立ちに変身しており、その隣でエルーカが得意げに笑う。

「ほら、おにぃ。今度も超かわいいでしょ？」

「……今度も露出が高くないか？」

先ほどはミニスカートだったが、今回は丈の短いホットパンツだ。

また先ほどの煩悩が湧き上がってきそうになって、さりげなく視線を上へと向ける。

上はわりとおとなしめで、ほっと一安心。

エルーカがやれやれと大仰に肩をすくめてみせる。

「おにぃは堅いなあ。これくらい攻めないと、女子は勝負できないんだよ」

「なにと戦っているんだ、世の女性陣は」

こちらとしては露出を下げて、防御力をガッツリと上げてほしいところなのだが。

「それよりおまえ、中でなにかあったのか？」

「うんー？　なんのこと？」

エルーカはきょとんと惚《とぼ》けてみせる。

アレンからしてみればミエミエの誤魔化し方だ。しかし、なぜかそれをこの場で追及するのはためらわれた。

アレンの中で、言いようのない不安が広がっていく。

「ともかくほら、シャーロットちゃんをちゃんと見てあげてよ。この服、後ろもすごいんだから」

「後ろって、背中か……？」

「そうそう！　超大胆なんだから」

エルーカはいたずらっぽくウィンクしてみせた。

シャーロットの肩に手を添えて、エスコートするように示す。

「さ、ほら。シャーロットちゃん。ここでくるっと回って見せたげてよ」

「うう……でも、この服も恥ずかしいですよぉ……」

「問答無用！　とりゃー！」

「きゃわっ⁉」

エルーカの手によって、シャーロットがその場でくるりと回される。

おかげで……アレンは言葉を失った。

「どうどう⁉　この服、前から見たら普通だけど、背中がばっくり開いてるの！　超大胆でイカしてるでしょ！」

「ううう……もう少し布地をください……」

シャーロットは恥ずかしそうにうつむいてしまう。

しかし、ふとアレンに気付いて首をかしげるのだ。

「あ、あれ。アレンさん？　どうかしましたか？」

「ああ。いや、なんでもない」

アレンは笑みを作ってみせる。

試着ブースから出たエルーカのかわりに、アレンはそこに立つ。

シャーロットに後ろを向かせて、鏡を覗かせる。

不安げな彼女に、アレンは鏡越しに笑いかけた。

「ちょっと露出が高いのはいただけないが……似合っていると思うぞ」

「そ、そうですか？」

「ああ。自信を持て」

アレンはシャーロットの肩に手を置いて、薄く笑ってみせる。

そうしてそっと、彼女に気付かれないように目線を下げた。

背中が大きく露出して、肌が外気に触れている。ほのかに赤く染まったそこには……数多くのアザが刻まれていた。

（……形状から見て、鞭か）

おそらくは処刑用というよりも、ただ苦痛と恐怖を与えるタイプの鞭だろう。

皮膚や骨を断つほどの威力はないが、音が大きく痛みが尾を引く。

その痕跡はいくつもいくつも、ドレスを着て隠れるギリギリの位置に、執拗に刻まれていた。赤と紫と黒とが入り交じるその様は、まるで毒蛇が彼女の体に巻きついて魂を蝕んでいるようだった。

おそらくシャーロットは、自分の体の見えない位置に、そのアザがあることに気付いていないのだろう。

だからアレンは……腹の底から湧き上がるマグマをやり過ごし、ニヤリと笑う。

「うん。似合ってはいるが……《大治癒《ヒーリング》》」

「あわわ？」

シャーロットを淡い光が包み込む。

先ほどは髪を変えたが、今度は全身だ。

光はすぐに消えて、あとにはきょとんとしたシャーロットが残った。

アレンは彼女の背中をそっと撫でる。

忌々しい鞭の痕は、きれいさっぱりと消えていた。白い肌にはわずかな傷すら残っていない。残すはずがなかった。

不思議そうにするシャーロットに、アレンはいたずらっぽくニヤリと笑う。

「背中にニキビの痕があった。消しておいたぞ」

「ひえっ……お、お恥ずかしいです……」

「なに、健康的な証拠だ。ついでに全身ケアしておいた。指のささくれなんかも治ったはずだぞ」

「さっすがおにい！　お手軽エステティシャン！」

エルーカが大袈裟なまでにアレンの背中をばしばしと叩く。

おかげで今の秘密は、兄妹の心に無事しまわれた。

（そういえば……花嫁修業では、怒られてばかりだったと言っていたが）

アレンはその言葉が意味することを、正しく察することができなかった。

己の落ち度、それ以外に言いようはない。

保護した当初、手当てしたときのことを思い出す。どこか痛いところはないかと聞き、手足の擦り傷や栄養失調状態だけを診断して治療を施した。

あのときのシャーロットの言葉に嘘はなかった。

それもそうだろう。あの形状の鞭ならば次の日には痛みも消える。

ただ呪いのように痕が残ったままになるだけだ。

変に遠慮して、彼女の肌を見ることをためらった己の浅慮を心底悔やむ。

しかし、どうしてこんなことが予想できようか。

（いくら妾腹とはいえ……こいつは王子と婚約まで漕ぎ着けた、公爵家にとって大事な駒のはずだろう⁉　わざわざ傷をつける理由など、なにがあるというんだ……！）

生まれを理由に疎み、冷遇するのはまだわかる。

だがあの鞭の痕からは、そうしたものを超えた憎しみのようなものを感じざるを得なかった。

シャーロットがそのような感情を向けられる理由など想像もつかない。

それでも、これまでの彼女の境遇を予感させるのには十分な材料であり……アレンの背筋がざわりと粟立つ。

しかしそれは一切顔に出さなかった。

気付いたのはアレンのそばで笑う、エルーカくらいのものだろう。

そもそもあの鞭の痕は、簡単な魔法できれいさっぱり消せる程度のものだ。

つまりシャーロットは……そんな治療すら受けさせてもらえなかったことになる。

「なるほどな……おい、エルーカ」

「なーに？」

エルーカは無邪気な笑みを向ける。

そんな妹に、アレンはさっぱりと告げるのだ。

「先ほどの話だが、やはり徹底的に駆除しようと思う。手伝ってもらえるか？」

「もちろんお任せあれよ」

エルーカは親指を立てて、にこやかに言ってのけた。

話が飲み込めないシャーロットだけが小首をかしげてみせる。

「駆除ってなんのことですか？」

「ああ、実家に放置していた本に虫が湧いたらしくてな。エルーカに天日干しを頼んでおいたんだ」

「む、虫さんですか……それは私もちょっと苦手です」

「奇遇だな。俺も反吐が出るほど嫌いなんだ」

青い顔で眉を下げるシャーロットに、アレンはにやりと笑う。

怖いものなんて、虫とかお化けとか、その程度のものでいい。

それ以外はすべて……アレンが徹底的に排除する。

笑顔の裏で、彼はそんな決意を固めてみせた。

その決意はまだシャーロットには伝えない。かわりにエルーカは察したらしい。きれいになったシャーロットの背中を撫でて、にこにこと告げる。

「さーさー、無駄話はそこまでだよ！　まだまだファッションショーは続くからね！　次はこれとこれと、これ！」

「待て……それはもうほとんど紐では？」

「これって服って呼べるんですか⁉」

「へーきへーき、大事なところはギリ隠れるよ」

しれっと言ってのけ、服だか紐だかをシャーロットにぐいぐい押し付けようとするエルーカ。

脅威は案外、近くにいたらしい。

アレンは紐を押しのけ、断言する。

「保護者として、これ以上の露出は認めん！　こいつに着せる服は俺が審査する！」

「ぶーぶー！　文句は誰でも言えるんだよ！　悔しかったらおにいも似合いそうな服を選びなよ！」

「いいだろう！　俺のほとばしるセンスに恐れおののくといい……‼」

「えっ、あの、ええ……」

かくして戸惑うシャーロットをよそに、クロフォード兄妹の仁義なき戦いは熾烈を極めていくのであった。

五章　街でのイケナイひと波乱

それから二時間後。

お洒落な喫茶店で、三人はひとときのティータイムを堪能していた。大通りに面したテラスは日当たりも良く、人通りが見渡せて快適だ。

「いやー、いっぱい買ったねえ！」

「うむ。なかなか有意義な時間だった」

「ふ、ふええ……」

満足げなクロフォード兄妹。

それに反して、シャーロットは浮かない顔だった。

顔色は真っ青で、ケーキセットにもほとんど手をつけていない。

「む。どうした、シャーロット。ひょっとしてまだ買い足りないのか？」

「逆ですよ⁉」

シャーロットは声を上げる。

そうして震える指で示すのは、三人の後ろに積み上げられた紙袋の山だ。

中身はすべてシャーロットの服だったりアクセサリーだったり、靴だったり。

あの店だけでなく、ほかにも何軒も回ってウィンドウショッピングを楽しんだ。兄妹であれやこれやと試着させ、そのほとんどを買い求めた。露出が多すぎるのはアレンがちゃんと弾いたので、袋の中身は健全そのものだ。

だが、それがシャーロットには戸惑いの種らしい。

「私ひとりのために、こんなにたくさん買うなんて……！　お金は大事に使ってください！」

「いやだって、全部似合っていたし」

アレンは平然と言う。

何を着せてもシャーロットにはよく似合った。

女性らしいふんわりした服も、動きやすそうなカジュアルな服も、大人っぽい清楚な服も。なにもかも、全部。

「家でもまた、いろんな姿を見たいしな。言わば俺のために買ったようなものだ。だから気にするな」

「うっ、ううう｜……」

シャーロットはなぜか顔を真っ赤にしてうつむいてしまう。

おかげでアレンは首をひねるのだ。

「なんだ、その反応は？」

「いや、天然ってすごいわー」

エルーカはけらけら笑いながらクレープをぱくつく。

フルーツとクリーム多めのボリューム満点の一品だが、一切口の周りを汚さずいただく手際の良さは、さすが女子といったところだろうか。

エルーカは目をすがめてアレンを見やる。

「でも、おにいはセンスなさすぎだよね。なにあのスカート。長すぎでしょ」

「はあ？　膝が隠れる程度の長さのどこがだ。あれでも短いくらいだぞ」

「お年寄りかな？　あー、やだやだ。若者のファッションがわからない人はこれだからなー」

「おまえのような痴女めいた趣味嗜好よりは、よほど健全だと思うが？」

睨み合うアレンとエルーカ。

おかげでシャーロットはあわあわと慌てはじめる。

「だ、ダメですよ、喧嘩しちゃ。ご兄妹なんですから仲良くしてください」

「ああ、すまん。だがこれくらい喧嘩でもなんでもないぞ」

シャーロットを安心させるべく、アレンは笑う。

この程度は実家にいた頃、挨拶がわりにしていたようなやり取りだ。

エルーカもにかっと笑う。

「そうそう。あたしらがガチ喧嘩したら血を見るからさ☆」

「見たくないです……」

「だが喧嘩か……それも悪くないな」

「ひょっとして、『イケナイこと』？」

「うむ」

シャーロットは意思表示が不得意だ。

喧嘩の真似事みたいなことをすれば、それも少しはマシになるかもしれない。

先日のサンドバッグのときのように、アレン相手に罵倒する練習をさせてみるのもありか……と思ったのだが。

「いや……喧嘩は却下だな」

「えっ、なんで？」

不思議そうに首をかしげるエルーカに、アレンは真顔で告げる。

殴られる痛みなら問題ない。だが、メンタルに来るタイプの攻撃は……。

「俺がガチで凹みそうだからだ」

「おにいって図太そうに見えて、変なところでガラスのハートだよね」

「そ、そんなことしませんからね！」

シャーロットは慌てたように叫び、アレンに真面目な顔を向ける。

「喧嘩はイケナイことじゃなくて、ダメなことです。いいですね？」

「わかった、わかった」

アレンは苦笑してうなずいた。

そんなこんなで、ティータイムの時間はまったりと過ぎていった。

気付けばいつの間にやら日が傾きはじめていて、道行く人々の顔ぶれも変わってくる。

日中は普通の市民が多かったが、ダンジョン帰りらしき冒険者の一行が増えてきた。日がとっぷり沈んだ後は、彼らが酒場で今日の冒険を肴に酒盛りを繰り広げるのだろう。

（……シャーロットは怖がるかな）

脳裏をよぎるのは、彼女を追ってきた兵士たちだ。

見れば、似たようなヘビーメイル重鎧《じゅうがい》をまとう冒険者などがちらほらいる。シャーロットは今のところ怯《おび》えるそぶりを見せてはいないが……まあ、頃合いだろう。

残った紅茶をぐいっと飲み干して、アレンは言う。

「さてと。そろそろ帰るか」

「そ、そうですね。もうお夕飯の時間ですし」

シャーロットもこくこくとうなずく。

しかしエルーカは声高にブーイングを上げるのだ。

「えー！　夜はまだこれからじゃん！　ほらこれ、ガイドブックで美味しい店をピックアップしておいたんだから！」

「……まだ食うのか？」

エルーカが先ほどまで食べていたはずの特大クレープは、すっかり影も形もなくなっていた。アレンなど見ただけで胸焼けしそうなほどだったが、甘いものは別腹のようだ。

付箋まみれのガイドブックをシャーロットに開いてみせる。

「ほら、ここと かどう？　チーズの専門店なんだって。たっぷりチーズのピザとか、チーズフォンデュとか、チーズ・イン・ハンバーグとか！」

「ち、チーズですか……！」

シャーロットが喉を小さく鳴らし、ガイドブックに釘付けとなる。

彼女もケーキセットを平らげた後だが、やはり別腹らしい。

こうなってくると二対一だ。アレンはおとなしく動向を見守る。

シャーロットが乗り気なら、付き合うのも悪くない。

そこは文句ないのだが……。

（……俺の旗色が悪くないか？）

どちらがシャーロットを喜ばせられるか、という兄妹の仁義なき戦い。

今は圧倒的にエルーカが優勢だ。

負けたからといって何もないのだが、シャーロットの保護者として、負けられない戦いがここにあった。

外敵はもちろん排斥する。

なにに怯える必要もなく、ただ笑っていられる日々を送る。

そこまではもう前提条件だ。その程度では物足りない。もっともっと、彼女を幸せにしないと気が済まなかった。

むー……っと悩んでいると。

「おや？」

そこでふと目に留まるものがあった。

そして、ちょうどそこで女性陣の話がまとまったらしい。

「よーっし。それじゃさっそく行きましょっか！　もちろんおにいの奢りで……ありゃ？」

「エルーカさん？」

そこでエルーカがぴたっと口をつぐんだ。

不思議そうに首をひねるシャーロットに目もくれず、愚妹は席を立ち、迷いなく大通りを突っ切っていく。

そうしてそこにいた……線の細い青年の手をがしっと掴む。

青年は車椅子に乗っていて、その車輪はほんの少しだけ地面から浮かんでいた。

「ちょーっといいですか!?　おにいさん！」

「えっ!?　な、なんですか……？」

「そのイカした魔法車椅子、どこの工房の仕事!?　そんなカッコいいの、あたし見たことないよ！」

「ああ……これですか？　どこの工房、というか……僕が作ったものなんですが……」

「マジで!?　すっごーい！　見たところ動力は風の魔法だよね？　しかもこの素材の組み合わせで、こんなに安定して動作してるなんてマジヤバだし――」

「え、えーっと……」

エルーカは戸惑う青年を捕まえて、道端で魔法談義に花を咲かせてしまう。

そのキラキラとした目は、アレンやシャーロットのことなど完全に忘れてしまったようだった。

シャーロットはきょとんとそれを見守っていたが、やがて相好を崩す。

「エルーカさん、ほんとに魔法がお好きなんですね。いいなあ。私もあんなふうに、好きなものができたら…………って、あれ？」

そこでふと、テーブルに自分ひとりでいることに気付いたらしい。

きょろきょろとあたりを見回す彼女に、アレンは離れた場所から声をかける。

「おーい。こっちだ」

「あ、アレンさん！」

呼びかけに応えて、シャーロットがこちらに——喫茶店のすぐそばに店を構える、露天商までやってきた。

「どーもどーも。いらっしゃーい」

若い女店主は、読んでいた本から少しだけ目線を上げてシャーロットを迎える。

しかし、すぐに読書へ戻っていった。

店は布と木切れで作った簡素なものだ。穴だらけの屋根の下で、ネックレスなどを広げている。

価格はどれも銀貨一枚。典型的な安物雑貨店だ。

シャーロットは店とアレンを見比べて、首をかしげる。

「アレンさん、アクセサリーが欲しいんですか？」

「いや。ちょっと気になるものがあったからな」

そう言って、アレンは商品のひとつをそっと手に取る。

なんの変哲もない髪飾りだ。青い石を削ったもので、花の形をしている。花弁の一枚一枚まで丁寧に仕上げられており、作り手の思いがこもった逸品だった。

喫茶店からこの店が見えたとき、はっと目を引かれたのだ。

それをシャーロットの頭につけてみる。

じーっと見つめて……アレンは満足げにうなずいた。

「うん。やっぱりおまえの瞳と同じ色だな」

「あっ」

シャーロットはぽかんとして、髪飾りにそっと触れる。

丸く見開かれた瞳と、頭に咲いた小さな花は、ほとんど同じ色だった。おかげで彼女によく似合っている。今は黒髪だが、金髪に戻せばさらに輝くことだろう。

アレンはうんうんうなずいて、店主に話しかける。

「店主どの、これをくれないか」

「はいよ。銀貨一枚ね」

「そら。釣りはいい」

「はあ、まいど……って、ちょっとお客さん！　これ金貨だよ⁉　いくらなんでももらいすぎだって！」

「取っておいてくれ。いい仕事には相応の報酬を払う主義なんだ」

慌てふためく店主にウィンクして、ぽかんとしたままのシャーロットに向き直る。

「これももらってくれ。まあ、大量の服からすれば些細なものだがな」

「いえ……」

シャーロットはぽーっとしたまま口を開いた。

ほんのり頬を染めて、髪飾りを撫でる。

「これが、一番……うれしいです」

「そ、そうなのか……？」

ちょっと予想外の反応にアレンは戸惑ってしまう。

喜んでもらえたならばとてもうれしい。

だがしかし、それよりも面映ゆさが上回る。

死の呪いをかけたわけでもないのに、心臓がおかしなリズムを刻みはじめた。

おかげでアレンも言葉を失って、しばしふたりは露天商の前で立ち尽くしてしまう。

店主がそれを見て何を思ったのか、にやりと笑って口笛を吹いてみせるのだが――。

「あはは！　それでよぉ――」

「きゃっ」

「っ、シャーロット！」

突然、シャーロットが誰かに突き飛ばされた。

そこをアレンが慌てて抱きとめる。

つい先日、屋敷のそばで拾い上げたときよりわずかに重い。それでもまだまだ肉が足りないな、と冷静に目方を量る。

まあ、ひとまず体重の件は保留だろう。

なにしろ……もっと面倒な問題が、目の前に立ちはだかったからだ。

「ああ？　なんだ、いってえな……」

「おうおう、どうしたんだよ」

アレンとシャーロットの目の前には、ふたりの若い男が立っていた。

どちらもダンジョン帰りの冒険者らしく、胸や手足に簡素な防具を身につけている。

腰に下げるのは大ぶりの剣。

そこそこ顔立ちの整った者たちなのだが……あまり上品とは言えない言動とすがめた目のせいで、粗野な印象を与える。ざっくり言ってしまえば典型的なゴロツキだ。

そんなふたりが、そろってシャーロットを睨みつける。

「ひっ……」

シャーロットが小さく息を呑んだ。

瞬く間にその顔から血の気が引いていく。

だからアレンは彼女を背に庇い、男たちへにこやかに笑いかけた。

「いや、連れがすまないことをした。かわりに非礼を詫びよう」

前方不注意でシャーロットにぶつかったこと。

シャーロットを睨んだこと。

シャーロットを怯えさせたこと。

それらを全部合わせると、三回半殺しにしてようやくちょっと溜飲が下がるかも、というくらいの罪状だ。

（だがなあ……喧嘩はダメだと言われたし）

万が一、男たちをぶちのめしてシャーロットに怯えられてしまえば、ガチで凹むのは確実だった。

だからなんとか穏便に済ませよう。

柄にもなく、アレンは非暴力的な事態の収拾に乗り出すのだ。

「ちょ、ちょっとお兄さん……！」

「む」

男たちと対峙していると、店主の女性が声をかけてきた。

わざわざ店の外まで出てきて、彼女はアレンにそっと耳打ちする。

「こいつら、最近このあたりで問題を起こしてばかりいるパーティの一員だよ。面倒になる前に逃げな。私がなんとかしてあげるからさ」

「だが、そうなると店主どのに迷惑がかかるだろう」

「私のことはいいよ。それより連れの子を守ってやんなさいよ」

「悪いがどちらも優先事項だ。迷惑はかけないから、どうか離れていてくれ」

「もう……どうなっても知らないよ」

店主の女性は心配そうにしつつも身を引いた。

しかし彼女の言葉の通りなら、厄介な相手に目をつけられてしまったことになる。

ひとまずシャーロットにぶつかった方をゴロツキＡ。

もう一方をゴロツキＢと簡易的に分類しておく。

Ａの方はアレンの頭の先からつま先まで、値踏みするような不躾な眼差しを向けて、顔を険しくする。

「見ねえ顔だな……街の新米か？」

「っつーことは、俺らがあの岩窟だってことも知らなさそうだな」

「たしかに、その名にとんと覚えはないな」

冒険者は、何人かで集まってパーティを組むのが定石だ。

中には大人数が寄り集まって、一個小隊ほどの規模になるパーティも存在する。

そうした集団は知名度が高くなるものなのだが……街外れで引きこもりがちのアレンが、そんなものを知っているはずはない。

ふんぞり返ったまま、男たちへ言ってのける。

「ひとまず穏便に済ませてもらえると助かるぞ」

「ああ？　なんだその態度は……いや」

ゴロツキＡのこめかみに青筋が浮かぶ。

しかしそれはすぐに消え去って、かわりに彼は嘲るような笑みを浮かべてみせた。

「いいぜ、許してやろうじゃねえか。だが条件がある」

「話が早くて助かる。いくら欲しいんだ」

「それよりもっと簡単な話だ」

財布を出そうとするアレンを制してゴロツキAが目を細める。

そうして見つめるのは……シャーロットだ。

「その女、一晩俺らに貸せ」

「………………は?」

アレンはぴしりと固まった。

言葉の意味は明解だ。理解はできる。

だがそれを脳で処理する際に、深刻なエラーが発生した。

指から熱が引いていき、息が完全に止まってしまう。

そんなアレンの反応をどう捉えたのだろうか。

ゴロツキAとBはアレンを無視して、下卑た視線をシャーロットに向ける。

「見たところけっこう上玉じゃねえか。最近は商売女と遊ぶのも飽きてきたところだったしなあ」

「どうよ、お嬢ちゃん。もう彼氏と初体験は済んだのか?」

「はつ、たいけん……って、なんですか?」

「マジかよ!　今時こんな女もいるんだな!」

下劣な笑い声が重なり合い、往来に響く。

おかげで通行人たちが足を止めてこちらを注視した。誰もがただならぬ雰囲気を感じ取りつつも、助け舟を出すことを躊躇しているようだった。

それでもゴロツキたちはおかまいなしだ。

ついに彼らはシャーロットを捕らえようと手を伸ばす。

「なあ、俺たちと来いよ。そんな安物より、もっといいアクセサリーでも買ってやるからさあ」

「ひっ……や、やめてください……！」

「遠慮すんなって。せいぜい俺らのテクニックで、天国を見せてや──」

その虫唾《むしず》の走るセリフは、半ばで途切れることとなる。

気付けばアレンの拳が、ゴロツキAの頬にめり込んでいた。

まるで時間が引き延ばされたかのように、男の顔がゆっくりと歪んでいく。シャーロットや店主、その他大勢の通行人たちの目が驚愕に見開かれる。

ああ、ついにやってしまった。

そんな後悔をちょっぴり抱いたものの──。

「死にさらせゴミムシが‼」

アレンは心置きなく拳を振り抜いた。

ドゴォッ‼

ゴロツキAは勢いよく近くの壁に叩きつけられて、巨大なクレーターの一部と化した。

ピクリとも動いていないが、死んではいないだろう。不本意ながらアレンはちゃんと加減したのだから。

「なっ、てめえ……！　よくも俺の仲間を！」

ゴロツキBが気色ばんで剣を抜く。

するとその刀身に紅蓮の炎が宿った。火の魔法がこめられた魔剣なのだろう。こういった武器も魔法道具の一種である。

往来での抜刀ということもあって、周囲がにわかに騒がしくなる。

だがしかしアレンは――。

「うちのシャーロットに……！」

「っ!?」

舞い散る火の粉に臆することもなく、相手の懐に飛び込んで。

「その薄汚い手で指一本でも触れようものなら……！」

呪文すべてを省略した氷魔法を、炎の魔剣にぶちかまして無力化し。

「肉片ひとつ残さずに丁寧にすり下ろすぞゴルァ‼」

最後に放つのは渾身の拳。

魔剣はあっさり真っ二つに折れてしまい、ゴロツキBは土手っ腹に一撃を食らって汚い唾を吐き散らした。そのままどさっと地面に倒れて動かなくなる。

「はーっ……スッキリした」

アレンが爽やかに額の汗を拭った、その途端。

「っっっ、すっげー‼」

「兄ちゃんやるじゃねーか‼」

「よくやってくれたよ！　ざまあみやがれってんだ！」

固唾を呑んで見守っていた通行人たちから、割れんばかりの歓声が轟《とどろ》いた。

中にはあの露天商の店主もいて、全力で拍手を送ってくれる。

どうやらこの連中、相当悪名が轟いていたらしい。誰も彼らの身を案じる者はいなかった。

「いやはや、声援感謝す……あっ」

アレンはギャラリーへ鷹揚に応えていたが、不意にハッとする。

すぐ真後ろのシャーロットに向き直って、慌てて頭を下げた。

「す、すまない。喧嘩はダメだと言われていたのに、つい手が出てしまった……怖がらせてしまっただろうか」

「い、いえ……」

シャーロットはぽかんとしたまま、ゆるゆるとかぶりを振る。

そうして柔らかな笑みを浮かべてみせた。

「乱暴はいけませんけど、私を助けてくださったのはわかりますから。それに……」

シャーロットはアレンの手をそっと握る。

細い指先はわずかにも震えてはおらず、ぬくもりが心に染み渡った。

「私がアレンさんを怖がるはずありませんよ」

「……そうか」

アレンはようやく人心地つくことができた。

シャーロットに嫌われたり、怖がられたり。

そんな取り返しのつかない展開だけは、どうやら回避できたようだ。

（……おや？　俺は最初、シャーロットのことを『すぐに俺を嫌って去っていく』と思っていたはずだよな……？）

そして、アレンはそれを受け入れていた……はずだった。

その意識がいつの間にか変わっている。

これがエルーカの言っていた変化というやつなのだろうか。

「ふっ……そういうことか」

「はい？」

「いやなに。俺としたことが、どうやらヤキが回ったらしい」

アレンはシャーロットの肩に手を添えて、にこやかに告げる。

「おまえにイケナイことを教えるのが……よほどクセになっているようだ」

「そ、そうなんですか？」

シャーロットは小首をかしげてみせる。

残念なことに、アレンの辞書に恋だの愛だのという言葉は載っていなかった。

そうした類の甘酸っぱいイベントからは、とんと縁遠い人生であったため。

やたらと爽やかなアレンにシャーロットは不思議そうにしていたが、すぐに気遣わしげに眉を寄せてみせる。

「でも……お怪我はないですか？」

「もちろん。こんな雑魚どもに後れをとる俺ではない」

「すごいです。アレンさんってお強いんですね、びっくりしちゃいました」

「そ、そうか？」

シャーロットはにこにことアレンを褒め讃える。

おかげで気分がよくなったのだが……彼女はすぐに、地面に転がるゴミどもへと視線を向けて、ちょっぴり悲しそうな顔をしてみせた。

「でも……この方々どうしましょう。放っておくとお風邪を召してしまいます」

「……自警団にでも突き出せばいいだろう」

本音を言えば、簀巻きにしてサメのよく出没する海域に放り込みたいところだが、シャーロットの手前それは勘弁しておいてやる。

そんなふうにして、ひと息ついていたところ――。

「お、おふたりさん！　あれ……！」

「ああ？」

突然、露天商の店主が切羽詰まった声を上げる。

彼女が指差す方を見れば、巨大な人影がのしのし歩いてくるところだった。

おかげで沸いていたはずの場が再びしーんと静まり返る。

その人物は地響きを伴いながらアレンたちの前にやってきて……うんともすんとも言わないゴミどもを見下ろして唸《うな》りを上げる。

「こいつは……どうやら、うちの若いものたちが世話になったようだな」

そうしてじろりとアレンを睨《ね》めつけるのは、岩人族の男だった。

その名の通り、体が鉱物でできた種族である。

かなり大柄で、人間の身の丈およそ二倍が平均身長。ずんぐりとした体躯から繰り出される物理攻撃は、シンプルながらに絶大な威力を誇る。

目の前の男も樽で酒を飲み干して、紙くずでも丸めるようにして潰してみせた。

ちょっと手で払っただけでも、人間などあっさり吹き飛ぶことだろう。

（ああ。さっきゴミどもが言っていた、岩窟組とやらの親玉か）

よくよく見れば彼の後ろには二十名ほどの一団が控えている。

どいつもこいつも、先ほどアレンが倒したゴロツキたちと似たような風体で、そろってこちらを睨んでいた。

まさに一触即発。

どうやら、またややこしい事態になりそうだ。

「あ、アレンさん……」

「大丈夫だ、シャーロット。俺に任せて……おや？」

震え上がる彼女に笑いかけてから、アレンはふと片眉を上げて黙り込んだ。

そうしてじーっと、目の前の巨人を見つめてみせて……はんっと手を叩く。

「おまえ、ひょっとしてメーガスか？」

「……俺の名前がどうかしたのか」

「おおお！　本当にメーガスなのか！」

訝《いぶか》しげに顔をしかめる岩人族こと、メーガスだ。

そんな反応にはおかまいなしで、アレンは嬉々として彼に語りかける。

おかげで後ろに控えた手下たちが不思議そうに顔を見合わせた。

「いやはや懐かしい！　七年ぶりくらいか。息災だったか？」

「なんだ馴れ馴れしい……貴様のような人間に覚えはない！」

「ああ、やはり種族が違うと顔の見分けは難しいよなあ」

アレンはくつくつと笑う。

まさかの場所での再会に胸が躍った。

そうして彼は——堂々と名乗る。

「俺だ。アテナ魔法学院にいた、アレン・クロフォードだ」

「は…………っ!?」

瞬間、メーガスの巨体が雷に打たれたように震えた。

取り巻きどころか、心配そうに見守っていたシャーロット、ならびに観客たちも首をひねる。しかし……すぐに彼らは息を呑んでどよめくことになる。

ドガァッ‼

メーガスがその場で勢いよく土下座したからだ。

額を地面にこすりつけながら、彼は震えた声を張り上げる。

「だ、大魔王殿とは存じ上げず失礼しました……！　非礼をどうかお許しください！　なにとぞ……なにとぞぉ！」

「どうしようかなあー」

ふふんと不敵に笑い、アレンはわざとらしく顎を撫でた。

岩人族が土下座を始めたおかげで、あたりは一気に騒然とする。

中でも取り巻きたちの狼狽は凄まじいものだった。土下座して小山のようになったメーガスに、思い思いに叫ぶ。

「ちょっ……！　どうしちまったんですか、親分！」

「そうですよ！　こんな弱そうなやつ、親分なら一発っすよ！」

「テメエらは黙ってろ！　これ以上このお方を刺激するんじゃねえ‼」

「うぎゃあああああ⁉」

メーガスは取り巻きたちを引っ摑んでは無理やり土下座させて……もとい、地面に押し倒していく。あっという間に一団は静かになった。

「えっ、えっ……？」

おかげでシャーロットは目を丸くしたまま固まってしまう。

「いったいどうなっているんですか……？」

「あれー、おにいから聞いてないの？」

「エルーカさん！」

いつの間にやら、エルーカが戻ってきていた。車椅子の青年とは別れたらしい。

そのかわりに分厚いメモ用紙の束を抱えている。彼の車椅子について、材質や使われている魔法をメモってきたのだろう。

それはともかく、エルーカは軽い調子で語りはじめる。

「あたしとおにいのパパはね、この国で一番大きな魔法学校……アテナ魔法学院の理事長なの」

アテナ魔法学院は、何百年もの伝統を誇る名門校だ。

この学校を出るだけでも将来が約束されると言われており、世界各地から生徒が押し寄せ、種族の垣根を超えて魔法や剣の腕を磨いている。

「そ、そうなんですか。だからおふたりとも魔法がお得意なんですね」

「まーね。そんで、おにいは……」

エルーカはそこで言葉を切り、アレンへ意味深な目線を向けてニヤリと笑う。

「その魔法学院を史上最年少のわずか十二歳で卒業して、そのままそこの教師になった天才少年だったんだよね」

「……ええええ⁉」

「あれ？　言わなかったか」

すっとんきょうな声を上げるシャーロットに、アレンは首をひねる。

特に隠していたつもりはなかったからだ。

「だ、だって、私くらいの年のころには、学校に籍を置いていたって……」

「ああ、魔法の実技教官としてな」

「聞いてませんよ⁉」

シャーロットは勢いよく叫ぶ。

そういえば学校に所属していたとは言ったが、教える側だったなんて一言も言っていない気がする。

とはいえ、それも過去のことだ。

アレンは薄く苦笑を浮かべてみせる。

「教官職は三年前の十八の時にやめたんだ。わりと気に入っていた職だったんだが、続けられなくなってしまってな」

「ご苦労があったんですね……」

「ああ。生意気な生徒たちをボコボコにして性根を正しまくってやったら、元から俺を嫌っていた教授会でつるし上げられたんだ」

「さらにそこで教授たちをボコボコにしたんじゃん。そりゃパパも庇いきれないってば」

「……色々あったんですね」

「なぜセリフを変えて言い直す?」

ちょっと目をそらすシャーロットだった。

まあ、それはともかくとして。

「しかし相変わらずのようだなあ。メーガスよ」

「は、はあ……」

アレンは朗らかな笑みを浮かべながら、土下座したままのメーガスの頭をぺちぺちと叩く。

岩人族は当然顔も岩石であるため、表情の変化が読みにくい。

しかし今のメーガスはわかりやすく怯えていた。

ぶるぶる小刻みに震えるせいで、体が擦れて砂がぽろぽろとこぼれ落ちる。

それに気付かぬふりをして、アレンはにこやかに続ける。

「おまえを初めて指導してやったときのことを思い出す。『こんなガキなんざ俺の一撃であの世行きだ』とかなんとかほざいていたよなあ」

あのときのアレンはまだ十四かそこらの子供で、メーガスが侮るのも無理はなかった。

他の反抗的な生徒とひっくるめて教育的指導をくれてやったので、以降は大変おとなしくなったものだが。

その当時を思い出したのか、メーガスの震えが一層ひどくなった。

額を地面で削る勢いで土下座しながら叫ぶ。

「お、お許しください大魔王殿！　あんたに迷惑をかけるつもりはなかったんだ！　そもそもこの街にいるなんてことも知らなかったし……！」

「あの……『大魔王』ってなんなんですか……？」

「うん？　教官時代のおにいのあだ名」

シャーロットがこそこそとたずね、エルーカがさっぱりと答える。

だから、アレンはミアハから呼ばれるあだ名が不本意だった。

魔王なんて呼び名はふざけているにもほどがある。

だってそれでは……ランクが下がっているではないか！

しかし大魔王という呼び名で呼ばれるのは久方ぶりだ。その心地いい音の響きに酔いしれながら、アレンはくつくつと笑う。

「面を上げてくれ、メーガス。俺は別に迷惑など被っていないのだからな」

「じゃ、じゃあ――」

「そう。俺は、な」

メーガスが希望に輝く顔を上げたその瞬間、彼の額に大きなヒビが走った。

周囲の温度が一気に下がる。

緊迫の糸が張り巡らされる中、アレンはゆっくりと口の端を持ち上げていく。

「貴様の手下どもが害そうとしたのは、俺の……」

そこで、少し口ごもる。

（シャーロットは俺の……なんだ？）

今さらそのことに疑問を覚えた。

単なる居候？

ふたりめの妹？

もしくは——。

頭に浮かびかけた単語を無理やりに追い出して、アレンはきっぱり言ってのける。

「俺の、大切な女だ」

それが今の彼に言える精一杯の言葉だった。

そしてちょうどその折、暮れゆく夕日の最後の光がアレンの顔を照らし出す。

まばゆいばかりの紅蓮の光が彼の笑みを彩って……大魔王と呼ぶに相応しい壮絶な演出となった。


それからおよそ二時間後。

とっぷりと日が暮れて、街のあちこちに魔力の街灯が点る頃になっても、大通りに面した店々はなおも盛り上がりを見せていた。

「ただいま、おにいー！」

「おっ、帰ったか」

アレンがひとり喫茶店のテラスで紅茶を飲んでいると、エルーカたちが戻ってきた。

ふたりとも満面の笑みで、肌もつやつやしている。

「いやー、超美味しかったよ。チーズの専門店。ふたりでいっぱい食べたよね！」

「は、はい。もうお腹いっぱいです」

「うむ、それはよかったな。それじゃ、そろそろ……む？」

シャーロットに笑いかけたアレンだが、ふと大通りに目が留まる。

そこでガタッと席を立ち、すーっと息を吸い込んで――。

「そこの貴様ぁ！　サボるとはいい度胸だ！　もっと腰を入れてゴミを拾わんか‼」

「はっ、はい！　すみません！」

伸びをしていたゴロツキのひとりが震え上がり、深々と頭を下げる。

おかげで大通りに散らばっていたメーガスやほかのゴロツキたちが青い顔で震えた。

全員が全員ボロボロで満身創痍だが、ゴミ拾いやご老人の荷物持ち、壁の落書き消しなどに励んでいる。

街の人たちに迷惑をかけていた横暴な冒険者パーティの姿は見る影もない。

もはや完全に社会奉仕集団だ。

シャーロットとエルーカを食事に行かせている間、アレンがたっぷり調教兼教育を施した結果である。

「いやあ。本当にすごい手際だったよ、お客さん」

「おお、店主どのか」

露天商店主が、半笑いでアレンに話しかけてくる。

どうやら店を閉めて帰る直前らしい。

店主はメーガスたちを見て、感慨深げに目を細めてみせた。

「あいつら、あちこちで喧嘩を起こすし、ゴミはポイ捨てするし、騒音騒ぎは当たり前だし……ほとほとみんな手を焼いていたんだよね。それが、まさかここまで変わるなんてさ」

「でも、いったいどうやったんですか？」

シャーロットが小首をかしげてたずねる。

すると露天商店主は「あー」と露骨に視線をそらしてみせた。

「とりあえず……街でも大魔王の名前が定着するだろうね。あれを見たら、誰も刃向かおうなんて思わないはずだから」

「む。あれでも手加減したんだぞ」

「この二時間でいったい何が……」

シャーロットはなおも不思議そうにしていたが、それ以上追及しようとはしなかった。

アレンは露天商店主に肩をすくめてみせる。

「ま、どうか気にしないでくれ。俺は個人的な復讐をしただけだからな」

「ははは、面白いお人だよ」

露天商店主はからからと笑い、シャーロットを見やる。

「頼りになる恋人でよかったね。大事にされてるじゃないか」

「えっ、あの……」

「いや、店主どの。俺たちはそういう……」

決して、そういった親密な関係ではない。

今日の昼ごろ、エルーカに平然と告げたはずの言葉が、どうしてだかこのときはすんなりと喉の奥から出てこなかった。

おかげでアレンとシャーロットは黙り込んでしまう。

口をつぐんだふたりに何を思ったのか、露天商店主はにやりと笑う。

「ああ、なるほど……そういうこと?」

「みたいなんっすよー」

なぜかエルーカがそれに同調して、うんうんとうなずく。

なんだ、その反応は。

そんなツッコミの言葉もうまく出てこずに、そうこうしているうちに露天商店主は頭を下げて帰っていった。

気まずさを誤魔化すようにして、アレンはすっかりぬるくなってしまった紅茶を飲み干した。そうしてごほんと咳払いする。

「えーっと……帰るか?」

「は、はい。そうですね」

シャーロットもぎこちなくうなずいてみせた。

お互い、先ほどの露天商店主の言葉を気にしているのは明らかだったが……ふたりともそれに関しては触れようとしなかった。触れる勇気がなかったのだ。

ひとまずアレンは大通りに向けて叫ぶ。

「さてと……おいこら貴様ら！　俺はひとまず帰るが……サボったら即座に呪いが発動するからな！　心して奉仕しろ！」

「「「い、イエッサー！」」」

ゴロツキ一団が声をそろえて叫ぶ。

全員にかけたのは軽めの呪いなので死にはしない。せいぜいちょっとしゃっくりが止まらなくなるだけだ。だが彼らには効果を教えていないため、恐怖は絶大だろう。

あとは見張っていなくても勝手にボランティアに精を出すはずだ。

「さて行くか。帰ったらまずはエルーカが寝泊まりする部屋を片付けないとな」

「あー。それはいいよ」

「は？」

エルーカがさっぱりと言ってのけ、アレンは目を丸くする。

「おまえ、居座るんじゃなかったのか。実家に帰るのか？」

「ううん。街に宿を取ったの。だからおにいたちは家に帰りなよ」

「ど、どうしてですか？」

「いやだって、おにいと同じ屋根の下って息が詰まっちゃうじゃん」

エルーカは平然と言ってのけ、自分の分の買い物袋を持ち上げる。

にやりと笑ってウィンクひとつ。

「ま、頻繁に遊びに行くからさ。そのときはしっかりもてなしてよね」

「……そうなると勝負は持ち越しか？」

「いんや。あたしの負けでいーよ」

「はあ⁉」

シャーロットにどちらがイケナイことを教えられるかという、仁義なき戦い。

今日一日を費やした勝負のはずなのに、あっさり勝敗がついてしまった。

しかしその勝利はアレンにとっては不本意そのものだ。

「それはそれで納得がいかん！　理由を言え！」

「自分で考えることだね、宿題だよ」

エルーカはにこやかに言ってのけ、シャーロットに手を振る。

「そんじゃまたね、シャーロットちゃん！　おにいのことよろしく！」

「は、はい。でも、逆では……？」

シャーロットは戸惑いつつも、エルーカに手を振り返した。

そのままエルーカは人混みへと消えていって……あとにはアレンとシャーロットだけが残される。

これで、昨日までと同じふたりきりだ。何の変化も見当たらない。

そのはずなのに……なぜかお互い、相手を意識してしまっているのが丸わかりだった。

気まずい。

だが、その気まずさは決して不愉快なものではなくて――。

「……帰るか」

「そ、そうですね」

先ほどとほとんど同じ会話を繰り返し、ふたりもまたぎこちなく帰路についた。


アレンたちと別れ、エルーカは足取りも軽く宿へと向かう。

「いやー、楽しかったなあ。おにいも元気そうでなによりだったたし」

頭の後ろで腕を組みつつ、空を見上げて独りごつ。

空に輝くのは満月手前のきれいな月だ。

街だとあまり星は見られないものの、悪くない光景である。

それを見上げながらエルーカは今日のことを思い起こす。

すると自然と口元に笑みが浮かんだ。少し自嘲のにじむ薄笑いだ。

シャーロットを楽しませようという気持ちは本物だった。もちろんアレンにも負けるつもりは毛頭なく、あれでも全力で取りかかったつもりである。

だが……根本的なことを見誤っていた。仕掛ける前から勝負は決していたのだ。

「イケナイことを教えるって言ってもねえ……あたしが教えられることなんて、せいぜいオシャレとか美味しいものだけだし」

その両方とも、シャーロットには手応え抜群だった。

順当にいけば勝利はエルーカの手の中にあっただろう。

だがしかし……そんな悦び、アレンが与えるものに比べたら霞んでしまう。

髪飾りを贈ったこと？

ならず者たちの手から守ったこと？

いいや、それだけではエルーカは負けを認めてやらない。

決定打はもちろん――。

「『恋』なんてイケナイこと、おにいにしか教えらんないもんねー……ありゃ」

そこでふと、エルーカは足を止める。

見れば通りの隅の方で、ちょっとした事件が起こっていた。

「そこのお兄さん！　なにか困ったこととかありませんか⁉」

「どうか俺らに助けさせてください……！　じゃないと呪われて死んじまうんです‼」

「ええ……なんなんですか、あなたたち」

あの車椅子の青年が、ゴロツキたちに囲まれて困り果てていたのだ。

エルーカはしばしそれをじーっと見つめて……やれやれと肩をすくめて、青年へ助け舟を出しに向かった。

六章　はじめてのイケナイお出かけ

初夏のある朝のこと。

曇天が見下ろすアレンの屋敷に、ミアハがいつものように配達にやってきた。

「おっはよーございま……あにゃ？」

手にしているのは小包と新聞紙。

いつも通りの荷物を手にした彼女だが、この日ばかりは目を丸くしてしまう。

それも当然のことだろう。

なにしろ玄関先では……アレンが体育座りして、頭を抱えていたからだ。

「ど、どうしたのですにゃ、魔王さん。こんな場所で」

「……ミアハか」

気遣わしげな声に、アレンは青白い顔を上げる。

目の下には深いクマが刻まれており、自分でわかるくらいに憔悴していた。

声もかすれており、今にもぶっ倒れそうだ。

ほぼ徹夜で悩み続けたため、仕方ないといえば仕方ない。

「何度言ったらわかるんだ……俺は魔王ではなく、大魔王だというのに……」

「いやだって、魔王さんは魔王さんって感じなのですにゃ」

「わけがわからん……」

「ツッコミにも覇気がないですにゃー。いったい何があったのですにゃ」

「やっほー、おにい！　可愛い妹が遊びにきたよ！　もてなしたまえ！」

「あにゃ？」

そこにエルーカも騒がしくやってきた。

ミアハは耳をぴくりとさせて、にこやかにお辞儀をする。

「おはようございますにゃ、エルーカさん」

「おはよ、ミアハさん！　今日もナイスな猫耳だよ☆」

「いやはや照れますにゃー」

アレンを通してすっかり顔見知りになった女子ふたりだ。今では街でもちょくちょく会って、お茶をするほどの仲になったらしい。

きゃっきゃしつつも、話題は自然とアレンのことに移っていく。

「てか、どうしたの。これ」

「さあー？　ミアハが来たときには、もうこの状態でしたにゃ」

「ふーん……さては、おにい」

エルーカはキランと目を光らせて、人差し指を突きつける。

「ずばり、シャーロットちゃんと何かあったんでしょ！」

「ぐっ……な、なぜわかった⁉」

「いや、逆に聞くけど、おにいがそれ以外で狼狽《うろた》えることってある？」

「たいていは自力で強引に解決してしまうでしょうからにゃー」

慌てふためくアレンをよそに、女子ふたりはしれっとした反応だった。

ともあれ彼女らの指摘は正解だ。

アレンがここまで頭を抱えることなど、シャーロット以外にあり得ない。

しかも、今回は非常に厄介なことになっていた。

「シャーロットさんと喧嘩でもしたのですかにゃ？」

「それならまだいい方だ……」

ミアハの問いかけに、アレンは自嘲気味な笑みをこぼす。

そうして彼はぽつぽつと、昨夜起こった事件のあらましを語りはじめた。


昨夜。ふたりで夕飯を食べてから、アレンはシャーロットに切り出した。

「なあ、シャーロット。おまえがここに来てから、もう一ヶ月だ」

「もう……そんなに経つんですか」

紅茶を飲んでいたシャーロットが、感慨深げに吐息をこぼす。

たった一ヶ月。されど、もう一ヶ月だ。

長いようで短い時間だった。

シャーロットはこれまでの日々を思い出してか、どこかぼんやりとした様子で黙り込む。

そこに……アレンはにやりと笑う。

「というわけで……本日は給料日だ！」

「……へ⁉」

アレンがテーブル越しに差し出した皮の小袋を見て、シャーロットが目を丸くする。

三秒ほど経ってからその中身を察したらしい。

ガタッと椅子を立って、ぶんぶんと首を横に振る。

「お、お給料だなんて……！　そんなのいただけませんよ！」

「何を驚く。雇うと言ったからには当然給料は出す」

「でも私……できるのはまだお掃除くらいですよ？」

最近は料理も勉強しているようだが、焦げた目玉焼きや薄いスープが関の山。

つまりはまだアレンと同レベルの腕前だ。

シャーロットは申し訳なさそうにしゅんっとして肩を落とす。

「お金をいただけるほど、お役に立てているとは思えないんです。むしろお家賃をお支払いする側かと……」

「なにを言う。毎日ちゃんと掃除してくれるだろう。おかげで家が埃っぽくなくて快適なんだ」

アレンはゴミ溜めでも余裕で暮らせるが、快適な場所が嫌いなわけではない。

シャーロットがあちこち気付いて掃除してくれるおかげで、彼の生活の質は格段に跳ね上がっていた。

「だからこいつは、おまえの働きに対する正当な対価だ。どうか取っておいてくれ」

「……わかりました」

アレンの押しの強さを嫌というほど知っているからか、シャーロットはおずおずと皮袋を受け取った。そうしてそっと中をのぞいてぎょっとする。

「き、金貨が五枚も!?　さすがにこれはいただきすぎですよ！」

「そうか？　これでもおまえが気後れすると思って減らしたんだが……」

「元々どれだけ入っていたんですか!?」

正確な枚数はわからないが、袋が裂けそうになるくらいには目一杯詰め込んでいた。

それを言うとシャーロットがますます狼狽するのはわかりきっていたため、アレンはさらっと話を変える。

「ともかく貯金するのもいいが、ちょっとでも使ってみるのをオススメするぞ。これまで自由にできる金なんてなかっただろ」

「それは……そうですけど」

日用品も服も靴も、あらかたアレンが買い与えたので困っている様子はない。

だがしかし、シャーロットはあまり自分から希望するものを言うことはなかった。

居候の負い目があるから当然なのだろうが、アレンからすれば面白くはない。

「したいこととか、欲しいものとか。なんでもいいから使ってみろ」

「でも、特に……あっ」

そこでシャーロットは何かに気付いたようにハッとした。

皮袋とアレンを交互に見て、ごくりと小さな喉を鳴らす。

なんだか不思議な反応だが……お金の使い道に、なにか思い当たるものがあったらしい。

シャーロットは居住まいを正し、上目遣いにアレンを見つめる。

「それじゃあ、えっと……できたら、でいいんですけど……」

「おう。なんだ、なんでも言ってみろ」

シャーロットが初めて自分の希望をちゃんと口にしてくれる。

そんな予感に、アレンは嬉々として先を促すのだが。

緊張した面持ちでシャーロットが告げた言葉に、息を呑むことになった。

「ひとりで……街に出てみたいです」


回想終了。

昨日の光景がまざまざと脳裏に蘇り、アレンは頭を抱えてうめくしかない。

「街にあいつをひとりで送るなんて……猛獣の檻に霜降り肉を投げ入れるようなものだ！　絶対に認められるわけがない！」

先日のようにゴロツキに絡まれるかもしれないし、迷子になるかもしれない。

転んで怪我をするかもしれないし……正体がバレて捕まってしまうかもしれない。

嫌な想像ばかりがアレンの脳裏をよぎる。

「だがしかし、シャーロットの望みはできるだけ叶えてやりたいし……俺はいったいどうすれば……む？」

そこでふと、聴衆の様子が気になって顔を上げる。

「えーっ。あのパンケーキ屋さん、そんなに不味いんだ。毎日行列できてるのになー」

「ほとんどサクラなのですにゃ。あそこに行くくらいなら、むしろ裏通りの――」

「聞けよ！　おまえら!?」

完全にアレンをガン無視で、きらきら女子トークを繰り広げるエルーカとミアハだった。

ふたりはきょとんと顔を見合わせていたが、すぐにそろってため息をこぼしてみせた。

「いやだって。くだらなさすぎますのにゃ」

「くだらないとは何だ！　くだらないとは！　俺は真剣に悩んでいるんだぞ！」

ミアハの軽い反応にアレンはがたっと立ち上がる。

一方でエルーカは顎を撫でて唸《うな》るのだ。

「てか、シャーロットちゃんがそんなこと言い出すなんて珍しいね。万が一正体がバレて捕まったら、おにいに迷惑がかかるからって我慢しそうなもんなのに」

「……ああ。あのときもすぐそれに気付いたようで、撤回したんだが……」

シャーロットはしゅんとして『今のは忘れてください』と苦笑してみせた。

その寂しげな表情がアレンの心臓に火をつけたのだ。

アレンは扉に背を預けて、顔を覆う。

「そう言われると……意地でも叶えてやりたくなるだろう」

「で、安請け合いしちゃったってわけねー」

「難儀なお人なのですにゃー」

エルーカとミアハはやれやれと肩をすくめる。

心底どうでもよさそうな反応にイラッとしたが、アレンは反論の余地がない。まったくその通りだと思えたからだ。

結論を言えば、あのあとすぐひとりでの外出を快諾した。

アレンの魔法があれば絶対に正体がバレることはないと説き伏せれば、シャーロットも安心したらしい。明るい顔で笑って、お出かけの決意を新たにした。

かくして本日、シャーロットは旅立つことになったのだ。

そう言うと、エルーカが「は?」と真顔になった。

「いや、旅ってそんな大袈裟な。ここから街まで徒歩二十分くらいじゃん」

「長距離も長距離だろうが！　こんな足元の悪い森の中でシャーロットが転んだりしたらどうするんだ！」

「新米パパも真っ青な過保護ぶりですにゃ」

ふたりとも、ちょっぴり冷たい目をアレンに向ける。

そうは言うが、このあたりの散歩でさえアレンが常に付き添っているのだ。

プライベートな時間以外はほとんど一緒にいるし、目を離すことはない。

そんなシャーロットを、徒歩二十分先の魔窟にひとりで送り込むことになるのだ。

率直に言って、気がどうにかなりそうだった。

（しかし、初めてシャーロットが望んだことだ……！　ここで叶えてやらねば男が廃《すた》るというものだろう……！）

それに、今屋敷の中でシャーロットは旅立ちの準備を進めている。

朝も早くからあれこれ支度している彼女に『やっぱりダメだ』なんて言えるわけがない。

図太く、他人からの評価など毛の先ほども気にしないアレンではあるものの、シャーロットを悲しませるような真似は絶対にしたくなかった。

そこでふと、己の心の変化に気付く。

（……ますます最近、あいつのことが気になるな。なんなんだ？）

笑ってほしいと思うし、泣いている顔など見たくはない。

その思い自体は最初に抱いたものと変わらない。

ただそれが、何倍にも膨れ上がってしまっているのだ。

その理由がアレンはよくわからないのだが……何だか柄にもないようなことを考えてしまいそうになって、慌てて思考を追い払う。

そんなアレンに、エルーカは憮然とした表情を浮かべてみせる。

「ってゆーかさあ……おにいの悩みなんて簡単に解決するじゃん」

「なに……？」

「はいですにゃ」

ミアハも軽くうなずいて。

「ひとりで行かせてあげたくて、でも心配……だったら魔王さんがやるべきことはひとつですにゃ」

「俺が、やるべきこと……」

アレンはしばしじっくり考え込む。

そして……あっと驚く妙案が閃《ひらめ》いた。

「っ……！　こっそりついて行って、見守ればいいのか！」

「なんでこの程度が思いつかなかったんだろ、この人……」

「ほら、うんたらは人をバカにすると言いますのにゃ」

女子ふたりに真っ向から陰口を叩かれつつも、アレンは新たな決意に燃える。

かくして、今日のイケナイことが決定した。

ずばり……ひとりでの外出だ。


それから一時間後。

シャーロットは準備万端で玄関に立っていた。

髪を黒く染め、小さなバッグを提げている。頭には前日アレンが贈った髪飾りをつけていて、見るからにお出かけの出で立ちだ。

だが、その顔はとても険しい。

鏡をのぞき込み、自分の姿を入念にチェックしていた。

「だ、大丈夫でしょうか……私だってバレませんか？」

「もちろん平気だ。俺以外には解けない魔法だから安心しろ」

「……アレンさんがそうおっしゃるなら」

シャーロットはふにゃりと笑う。

そうして意を決したように扉から一歩踏み出した。

まっすぐに見据えるのは、屋敷から街まで続く細い小道だ。

シャーロットはいくぶん緊張した面持ちでアレンを振り返る。

「それじゃ……行ってきます。日が沈む前には戻りますね」

「ああ。できたら夕飯も適当に買ってきてくれ」

「はい！」

シャーロットはぺこりと頭を下げて、ゆっくりと慎重に歩いて行く。その後ろ姿は不安げだが……それと同時に、なにかに挑もうとする意志の強さを感じさせる。

陽光に照らし出され、その姿はとても絵になっていた。

おかげでアレンは目頭を押さえる。

「ううっ……ついこの前まで自信なさげで、人形のような少女だったというのに……いつの間にあんなしっかり自分の足で……！」

「何目線なの、その感情」

「だいぶ気持ち悪いのですにゃ」

隠れていたエルーカとミアハが現れて、冷たい目を向けてくる。

とはいえアレンは満足だった。シャーロットのあんな背中が見られたのだ。送り出してよかったと心から思えた。

だがしかし……ここから先が大変だ。

ローブを翻し、アレンはシャーロットが向かった先をびしっと指差す。

「さあ、そういうわけでミッション開始だ！　シャーロットの外出を全力で陰から支えるぞ！」

「バイト代が出るなら、ミアハは文句なしですにゃー」

「あたしはパパとママへの土産話のためー」

かくしてアレンはお供を連れて、意気揚々と街へと向かうのだった。

こっそりと。決してシャーロットに気付かれないように気をつけて。


さて、街は今日も賑わっていた。

朝は少し曇っていたが、日が昇るにつれて青空が優勢となり、絶好の買い物日和を彩る。

シャーロットは人が溢れる大通りにたどり着き、小さく嘆息した。

「わあ……本当にひとりで来てしまいました」

屋敷からここまで徒歩二十分というささやかな旅路だが、彼女にとっては一大ミッションだったのだろう。シャーロットはしばしぼんやり大通りを見ていたが……すぐにハッとして、ぐっと拳を握ってみせる。

「よしっ、まずはここからです。がんばりますよ！」

バッグから小さな地図を取り出して、うんうん睨んでから大通りを歩きはじめる。

その姿を、アレンは建物の陰からじっと見守っていた。

「偉い！　偉いぞシャーロット！　俺が教えた通り、ちゃんと地図が見れたな！　さすがだ……！」

家を出る前に、アレンは簡単に注意事項を教えていた。

地図を見ること。知らない人についていかないこと。迷ったときは誰かに道を聞くこと……などなど。

シャーロットはそれをしっかり守ってくれているようだ。

客引きが声をかけても、丁寧に頭を下げて断っていく。

今のところ、初めてのお出かけは順調そのものだ。

ますますアレンは胸が熱くなる。はいはいしていた幼子が初めて立ち上がった瞬間に立ち会ったような心境だ。もちろんアレンに子育ての経験など皆無である。

そんななか、エルーカとミアハがひそひそと言葉を交わす。

「ねえ、マジでこれ何気取りなんだと思う？」

「兄とか父親とかですかにゃー……？」

「いやでも、それにしたってさあ……キツいでしょ」

「はい……それはもう絶望的なほどに……」

「やかましいぞ！　おまえたち！」

シャーロットに気付かれないよう、小声でツッコミを叫ぶアレンだった。

そんなこんなで、三人は建物の陰から陰へと移りながら、シャーロットを追いかける。

「そういえば、おにい。シャーロットちゃん、なんで街に来たがったの？」

「むう……買い物がしたいとしか聞いていないな」

「何を買うかは伺っていないのですにゃ？」

「それとなく聞いたんだが……」

もちろんアレンも、シャーロットがなにを欲しがっているのか気になった。

だがしかし、彼女は迷ったように目をそらしてから――。

『それはえっと……ひ、秘密です！』

ひどく真面目な顔で、断言したのだった。

「……結局、教えてもらえなかったんだ」

「ありゃー……」

「それは魔王さん、ショックでしょうにゃー」

「ああ……」

気遣わしげなふたりに、アレンは重々しくうなずく。

あのシャーロットがアレンに秘密を作るなんて、少し前までなら想像もできなかったことだ。

アレンは口元を押さえて、肩を震わせる。

「秘密ができたなんて、自我がしっかりしてきた証しだ……！　偉いぞ、シャーロット！　次はわがままを言って俺を困らせるくらいになろうな……！」

「キモいを通り越して、ちょっと心配になってきたんだけど……」

エルーカがドン引きの目を送りつつも、首をひねる。

「てか、このまま見守ってたら、シャーロットちゃんが買いたいものもわかっちゃうんじゃないの？　勝手に秘密を暴いちゃうことになるけど大丈夫なわけ？」

「なに、その場合は即座に魔法で記憶を消すから問題ない」

「ちょっと胸焼けするくらい覚悟が重いのですにゃ」

そんな益体《やくたい》のない会話を繰り広げているうちにも、シャーロットはどんどん進む。

気付けばいつしか人通りの少ない裏道へと入り込んでいた。

地図を睨みながら「あれ？」とか「おかしいです……」なんて声が、後方で見守る三人のもとまで聞こえてくる。

おかげでアレンは首をかしげる。

「こんな辺鄙《へんぴ》な場所に、あいつが行きたい店なんてあるのか？」

「あー……これはひょっとして道を間違えてるんじゃない？」

「なっ⁉　だ、大問題ではないか！」

おもわずアレンはぎょっとしてしまう。

とはいえ迷子になるのも当然かもしれない。

シャーロットはここ何年も公爵家で召使い同然に暮らしていたのだから、ひとりで地図を片手に街を歩くなんて初めての経験だろう。

もう少ししっかりと地図の見方を教えておけばよかった。

心底後悔するアレンだが、ぬかりはない。

道に迷ったら人に聞くようにシャーロットには言ってあるからだ。適当な場所まで出たら、きっと通行人を捕まえることだろう。

「いやでも……こっちはマズイですにゃ」

「む……どういうことだ」

胸を撫で下ろしかけるが、ミアハが固い声で告げる。

どこか青白い顔で、シャーロットが向かう方を睨みながら——。

「この先はメアード地区といって、あんまり治安がよろしくない場所なのですにゃ。素行サイアクの冒険者たちが、四六時中たむろしていますのにゃ」

「なにぃっ⁉」

「あっ、あたしも聞いたことあるかも……その入り口付近を仕切ってるのが、超絶危険な冒険者パーティなんだっけ」

「はいですにゃ。その名も毒蛇の牙《サーペントファング》」

それは毒蛇使いのグローと呼ばれる男を筆頭に集まった、ならず者集団の名だ。

よそのパーティの獲物を我が物顔で横取りし、恐喝ゆすりは当たり前。

縄張りに迷い込んだ一般市民から有り金を巻き上げることもあるという、典型的な冒険者くずれの集団らしい。

それが……これからシャーロットが向かう先を根城にしているのだという。

エルーカとミアハがこそこそ言葉を交わすうちにも、シャーロットは裏通りを進んでいく。

不安感からか足取りはゆっくりしたものだが、いずれその危険な地区にたどり着くのは間違いないだろう。

「どうする、おにい。あたしが出て行って、偶然出くわした振りして引き止める？」

「いや……正面切って手出しすることは極力避けたい」

これは、ただのお出かけなどではない。

シャーロットが自分の意思で決めた冒険だ。

それに水を差すことは絶対にしたくなかった。

アレンはしばし考え込んで……ぽんと手を打つ。

「よし。ひとまずこの場はおまえたちに任せよう」

「えっ、おにいはどこに行くのさ」

「ちょっとした野暮用だ。頼んだぞ！」

「行ってらっしゃいませにゃ～？」

不思議そうにするふたりを残し、アレンは飛び上がって屋根の上をひた走った。

はたしてそれから十分後。

「あれ……？」

シャーロットは、ついにその区画にたどり着いてしまった。

通りは狭く、あちこちに空き瓶が転がっている。

窓ガラスが割れたままになっている建物も多い。空気はどんよりと淀んでいて、空から降り注ぐ光もどこかくすんでしまっている。

一見してわかる治安の悪さだ。

「ここ、いったいどこなんでしょう……」

シャーロットは不安そうに地図を胸に抱き、きょろきょろとあたりを見回す。

あたりはがらんとしていて人の気配はない。

しかし、恐る恐る足を踏み出したその瞬間――。

ばんっ！

通りに面した建物から、ぞろぞろと人影が現れ出でた。

そのほとんどは人相の悪い男たちで、どいつもこいつも重装備をまとった冒険者だ。中には人狼族や魚人族など、人間以外の種族もいる。

「ひっ……！」

おかげでシャーロットは息を呑んで後ずさる。

陰からこっそり見ていたエルーカたちも、もちろん慌てふためいた。

「ちょっ、これはマズイってば……！」

「四の五の言ってる場合じゃないですにゃ！」

ふたりが意を決して物陰から飛び出そうとしたそのとき、事件は起きた。

突然現れたゴロツキたちが――一斉に頭を下げたのだ。

「らっしゃーせー‼」

「遠路はるばるご苦労様でございましたー‼」

「ようこそ俺たちのホームへ‼」

「歓迎いたしますっっ‼」

「えっ、えっ……えっ？」

シャーロットは戸惑うしかない。

しかし男たちは口々に歓迎の言葉を叫び、椅子とテーブルを運んでくる。

そこにシャーロットを座らせて紅茶を振る舞い、ギターやハープを奏でる者も出る始末。王侯貴族もかくやあらん、といった歓迎ぶりだった。

おかげでエルーカとミアハは顔を見合わせる。

「……なにあれ」

「……さあ？」

「ふっ、間に合ったか」

「あ！　おにい！」

そこにアレンが戻ってきた。

「どこ行ってたのよ。ってか、間に合ったたって何？」

「なに、簡単な話だ」

アレンは鷹揚に言ってのけ、物陰からシャーロットの様子を見やる。

急な歓待にかなり戸惑っているようだが、表情はかすかに柔らかい。これまで長い距離を歩いてきたため、椅子で休めて少しホッとしているらしい。

うむ、狙い通りである。

アレンは目を細めて、満足げに笑う。

「先回りして、この一帯を治めていたパーティ……毒蛇の牙《サーペントファング》だったか？　そいつらをひねり上げたんだ。そのついで、もうすぐここに来る少女を丁重にもてなすように言いつけた」

「モンスターペアレントも真っ青だよ⁉」

「あー、だからどいつもこいつもボロボロなんですにゃ」

ミアハが言うように、ゴロツキたちは流血こそしていないものの、満身創痍の出で立ちだ。鎧はヒビだらけでボロボロで、あちこちにアザやタンコブなんかを作っている。

ふたりともドン引きの模様。

だがアレンはきちんと配慮したので弁明しておく。

「一応、流血沙汰は避けたぞ。血まみれのゴロツキどもが現れては、シャーロットが怖がるだろうからな」

「ねえ、おにい。人道って言葉、聞いたことある？」

「もちろん知っているとも。俺の行く先にできる道のことだな」

「ま、まあ、やつらもいいお灸になったはずですにゃー」

ミアハが半笑いで見る先、首に大蛇を巻いた大柄な男がうなだれていた。

毒蛇の牙《サーペントファング》の元リーダー、グローである。

元がつくのは先ほどアレンにあっさり負けたためだ。

頭に大きなコブをこさえているし、首の蛇も疲れたようにぐったりしていて覇気がない。

「なんで俺様がこんな目に……」

「仕方ないっすよ……あんなやつに目を付けられたのが運の尽きっす……」

それを手下のひとりが宥《なだ》めてみせる。

シャーロットを全力でもてなす一角とは異なり、そこだけ完全に哀愁が漂っていた。

すると――。

「あ、あの……」

そこに、おずおずと声をかける者がいた。

シャーロットだ。用意された席からわざわざ立って、グローの顔をのぞき込む。

相手はなかなかゴツめの出で立ちなので ちょっぴり及び腰だが、その目には恐怖を上回る決意がにじんでいた。

「だ、大丈夫ですか？」

「……へ？」

「えっと、その、お、お怪我をされているようですから……」

シャーロットは気遣わしげにグローを――その頭にできたタンコブを見上げる。

そうしてカバンをゴソゴソと漁り、小瓶を取り出してみせた。

「これ、魔法のお薬なんです。よかったら使ってください。蛇さんにもどうぞ」

「っ……あ、ありがとうございます！」

グローはそれを半泣きで受け取った。

急に王座を追われて凹んだ矢先、思わぬところで手を差し伸べられたのだ。

どんなにスレた人間でも、心にじーんとくるに違いない。

シャーロットはコブやアザを作った者がほかにもいることに気付いたのだろう。カバンからいくつも魔法薬を取り出して、甲斐甲斐しくひとりずつに配っていく。

そんな光景を目の当たりにしてエルーカが呆れたようにぼやく。

「あのカバン、魔法道具だね……中が亜空間になってるから、アイテムがかなり入るタイプの」

「それにしたって、めちゃくちゃ出てきますのにゃ……お薬、いくつくらい入ってるんですにゃ？」

「うーん。一応、三桁単位で持たせたかな」

「算数がお出来にならないのですにゃ？」

「街に出かけるだけで何があると思ったのよ」

ふたりは胡乱《うろん》な眼差しを向けてくるが、これにもちゃんと理由がある。

シャーロットのことだから、怪我をした犬やら猫やらに出くわしたら、まず間違いなく助けようとするだろう。そんな場合に右往左往しなくてもいいように魔法薬を大量に持たせて、安物だから好きにばら撒けと言っておいたのだ。

まさか傷付いた犬猫ではなく、アレンがボコったゴロツキどもに使われるとは思っていなかったが。

シャーロットはその場のひとりひとりに声をかけ、魔法薬を手渡していく。

無理やり騒いで歓迎していた一団が、水を打ったようにシーンとした。

やがて誰かがぽつりとこぼす。

「女神だ……」

「ああ、女神様だ……」

「女神様……！　俺、これからは心を入れ替えて真面目に生きます……！」

「あ、あわわ。みなさん、どうしたんですか」

グローがシャーロットの足元にひざまずき、わんわん泣いてそんな宣言を叫ぶ。

おかげで場の空気は一気に最高潮となり、新たな宗教がこの世に誕生した。

これは予想外の展開だが……アレンは満足げにうなずくのだ。

「ふっ……シャーロットめ。なかなかどうして人の心を摑むのが上手いじゃないか」

「あたしこれ知ってる。マッチポンプってやつだ」

「意図してないあたりがタチが悪いですにゃー」

かくして彼らの歓待は『演技』などではなくなった。

全員が全員、邪気の消えたにこにこ笑顔を浮かべながら、シャーロットを取り囲む。

かなり異様な光景である。アレンはこれと似たものを、以前話の種にともぐり込んだインチキ新興宗教団体の集会で見たことがあった。

そんななか、グローが首をかしげてシャーロットにたずねる。

「それにしても……女神様はあの大魔王とどういったご関係で？」

「みなさん、アレンさんのお知り合いなんですか？」

「知り合いっていうか……」

「無理やり知り合いにさせられたっていうか……」

男たちはげんなりと顔を見合わせる。

アレンがここに来たことは厳重に口止めしておいたのだが、うっかり口を滑らせないとも限らない。

（喋ったらどうなるか……わかっているだろうな？）

一応、遠距離狙撃用の魔法をいつでも放てるように準備だけしておく。

しかし幸いなことに魔法を使うような展開にはならなかった。

「えっとですね……私、もう帰る家がないんです」

シャーロットは少し寂しげな笑顔を浮かべてみせる。

そうしてぽつぽつと語ることには――

「でもアレンさんがご親切にも、使用人として雇ってくださって……だから関係といったら、その……」

そこでシャーロットは言葉を切って、照れたように告げる。

「ご、ご主人様……ですかね？」

たしかに表向きは雇用主とメイドの関係なので、なんら間違っていない言葉である。

だが、それはなんとも背徳的かつ、淫靡《いんび》な響きだった。照れ顔も非常にポイントが高い。

おかげでアレンは「ぐうっ」と胸を押さえてしまう。

「ちょっと、おにい。大丈夫？」

「見てるこっちが胸焼けしそうですにゃ」

エルーカとミアハがそろって冷たい目を送ってくる。

さらに言えば、それを聞いていたグローたちも神妙な顔を見合わせて、気遣わしげな眼差しをシャーロットへと投げかけるのだ。

「女神様、ひょっとして騙されてるんじゃないですか……？」

「いや、俺らみたいに脅されて服従させられているとかじゃね？」

「くっ……大魔王め！　こんな素晴らしい方を惑わすなんて……！」

いつしかそれは大魔王ことアレンへの恨みつらみへ変わっていって、決起集会のごとき熱気となった。

「あいつら……」

アレンは渋い顔をするしかない。

ただまあ、自分でもシャーロットと並ぶと犯罪じみていることは嫌でも承知していた。

かたや、ゴロツキ集団を鼻歌交じりにねじ伏せる大魔王。

かたや、誰にでも優しい女神のような少女。

誰がどう見ても危機感を覚える組み合わせだろう。

だがしかし……シャーロットはくすくすと笑う。

「ご心配ありがとうございます。でも、アレンさんはお優しい人ですよ。なにかの誤解です」

「ほんとですか……？」

「……あの大魔王にも、そういう感情があるんだな」

グローたちは戸惑いつつも、ひとまず納得したようだった。

シャーロットはにっこり笑ってたたみかける。

「はい。アレンさんは私に、イケナイことをたくさん教えてくださるんです！」

「っ……!?」

その瞬間、ゴロツキたちに衝撃が走った。

しかしシャーロットは頰に手を当てて、どこか夢を見るように続けてみせる。

「この前も、アレンさんと夜通しでイケナイことをしたんですよ。はしたないことだとわかっていても……とっても楽しい一夜でした」

先日やったイケナイことといえば、お菓子とゲームで夜更かしして、次の日はともに昼過ぎまで惰眠を貪ったことだろう。

たしかに楽しい一夜ではあった。

だが……。

「おにい……」

「魔王さん……」

「……外では言わないように、あとで注意しておく」

アレンは初めて、己の言語センスを後悔した。

「あっ、それじゃあそろそろ失礼しますね。お世話になりました」

張り詰めた空気にも気付くことなく、シャーロットはぺこりと頭を下げて去って行った。

毒蛇の牙《サーペントファング》一同はそれを黙って見送った。

というよりも、今のシャーロットの発言で完全に凍りついてしまっているようだった。

「……ふう。ひとまずは何とかなったな」

「あっ、大魔王……！」

アレンが物陰から姿を見せれば、グローたちがぎょっとする。

そのまま全員から上がるのはむさ苦しいブーイングだ。

「あんた俺らの女神様に何をしてくれてんだ！」

「正直、あんたともう一回戦うなんざ死んでもごめんだが……女神様のためとあらば玉砕覚悟で特攻かけるぞゴルァ！」

「シャーーっ！」

「ええい、誤解だ！　誤解！」

グローの蛇ですら、アレンに敵意剝き出しで威嚇する始末。

そのためざっくりと事情を説明せざるを得なくなった。

アレンは一同を睨みつけ、ごほんと咳払いをする。

「そういうわけで、ひとまず協力ご苦労だった。俺はシャーロットの見守りに戻るゆえ、おまえたちは好きにしろ」

「あんた、本当に女神様のためだけに俺らをボコったのかよ……信じられねえ……」

「まあでも、たしかにあの子のためなら、何かしてやりたいって思うよな……」

「わかる……」

語彙《ごい》力少なめでうなずき合う、毒蛇の牙《サーペントファング》のメンバーたち。

そんな彼らに、アレンは爽やかな笑みを向けてやるのだ。

「あいつに手を出したら……どうなるかわかるよな？」

「くっ……すみません、女神様……！」

「俺らでは大魔王の手から、あなたを救い出すことはできません……！」

「ふははは！　百年早いわ！」

アレンは高笑いをしてみせる。

どちらが悪者なのだか、ちょっとわからなくなってきた。

「さて、くだらない話は置いておこう。先を急ぐぞ、エルーカ！　ミアハ！」

「はーい。でも、シャーロットちゃん、どっちに行ったっけ？」

「ああ、この先を左に曲がったのを見ましたにゃ」

ミアハが軽く言った途端。

「なっ……!?」

ゴロツキたちの顔色がさっと青ざめた。

何事かと首をひねるアレンに、グローが詰め寄る。

「まずい、大魔王さん！　この先は危険だ！」

「……どういうことだ？」

「この先を牛耳っているのは、俺たちなんざ足元にも及ばねえ……傀儡一家《くぐついっか》っつーヤバいパーティなんだよ！」

グローが語ったところによると、この区画はさまざまなパーティが縄張りを主張し、日々ぶつかり合いを重ねている場所であるらしい。

中でも傀儡一家《くぐついっか》というのは、五本の指に入るほどの危険極まりない一団だという。

噂では暗殺業も請け負っているとか、いないとか。

それを聞いて、エルーカが悲鳴を上げる。

「な、なんでそんな方向に行かせちゃったのよ！」

「無茶言うなよ！　あんな衝撃発言を聞かされたんだぞ！　フリーズして当然だろうが！」

グローはシャーロットが向かった方角を睨みつける。

「くそっ……俺が女神様を連れ戻して――」

「いや待て」

アレンは駆け出しかけたグローの肩をがしっと掴む。

そうして……やんわりと首を横に振った。

「その必要はない」

「まさか、おにい……」

「ああ。やはりこれもまた、簡単な話だ」

アレンはかすかに口角を持ち上げて笑う。

それがかなり凶悪だったらしく、見ていたゴロツキどもから絹を裂くような悲鳴が上がるが、構うことはない。

この先が、シャーロットのようなか弱い婦女子が出歩くには危険な場所だというのなら……アレンがやるべきことなどひとつだけだ。

ぐっと拳を突き出して、高らかに宣言する。

「俺がこの地域一帯を……傘下に収めればいいだけだぁ！」

「あんたバカなのか⁉」

「一応有能ではあるんだけどねえ」

「なおのこと始末が悪いパターンなのですにゃ」

勢いよくドン引くグローと、やれやれと顔を見合わせるエルーカとミアハだった。

それからのアレンは八面六臂の活躍を見せた。

傀儡一家《くぐついっか》の根城に殴り込んで、数多くの人形遣いと戦ったり。

「なにっ……⁉　我が人形の攻撃がまるで効かないだと⁉」

「笑止！　操る指の動きさえ見ておけば、避けることなど容易《たやす》いわ‼」

人狼族のみで結成されたパーティ、ウルヴズ・スタンと正面衝突したり。

「そーら、人狼族には効くだろー。特別調合の香水だ！」

「ぐぐぐぐっ、か、体の力が抜けていく……！」

優秀な魔法道具技師を抱えた精鋭部隊・金色の碑文《グレートフラグメンツ》と偶然にも出くわして。

「ああっ！　この人たち、この前うちの会社になっがいクレームをつけてきた厄介なお客さんたちですにゃ！」

「なんだとー！　ミアハさんの敵はあたしの敵だし！」

「俺が贔屓《ひいき》にしている業者を脅かす輩に容赦はせん‼」

「あ、あんたら一体なんなんだよ⁉」

道中、岩人族のメーガスと出くわしたりもして。

「あれ、大魔王殿。なんでこんな場所に？」

「いいところに出くわしたな！　メーガス！　少し手を貸せ！」

「ええ……俺、これから最近始めた花屋のバイトがあるんですけど」

「ほう、いい職場を見つけたな！　ならば手が空いたらすぐに来い！　ついでに薬草の種の大量注文を入れておけ！　次からもおまえの店で買う！　贔屓にしてやると店主に伝えておくといい！」

「はあ、お買い上げあざーっす？　で、何を手伝ったらいいんですか？」

「この地域をかけた最終決戦に打って出る！　シャーロットのお出かけを守るためになぁ！」

「…………は？」

こうして、アレンは破竹の勢いで領土を広げていった。


そんなこんなで、あっという間に時刻は夕暮れとなった。

街外れの広大な空き地で、アレンはぐいっと額の汗を拭う。

「ふう……いい運動になったな」

その背後には、冒険者くずれのならず者たちが死屍累々と横たわっていた。

シャーロットが向かう先々を縄張りにしていた者たちである。

ただ、後半からはまったく関係のないパーティたちも入り乱れて、総力戦のような様相を呈してしまった。アレンの快進撃を聞きつけて危機感を抱いたらしい者たちが、捨て身でかかってきたのだ。

まあ、それもこれもアレンがほぼひとりで問題なく片付けてしまったのだが。

「と、とうとうやっちまいやがったよ、この人……」

一部始終を見守っていた毒蛇の牙《サーペントファング》のグローが顔を青ざめさせる。

その一方で、メーガスは首をひねった。

花屋のバイトが一段落してから、最終決戦に駆けつけてくれたのだ。

「こいつらをブチのめすのが、なんでお嬢さんのお出かけを守ることになるんです？」

「まあ、後で説明してやろう。ひとまずは……」

そうしてアレンは隅に座り込んだ男たちの元へと近付いていく。

顔色の悪い男と、人狼族の男、銀の鎧をまとった男。

順に、傀儡一家《くぐついっか》のウォーゲル、ウルヴズ・スタンのラルフ、黄金の碑文《グレートフラグメンツ》のドミニク。

アレンがわりと序盤の方でぶち倒したパーティのリーダーたちだ。

「これに懲りたら人に迷惑をかけることなく、真面目に冒険者稼業に精を出すんだぞ」

「おにいがそれを言うの……？」

「いやまあ、おかげでこのあたりは平和になりましたけどにゃー」

エルーカやミアハがこそこそとツッコミを入れてくるが、アレンは無視しておいた。

男たちは顔を見合わせてから、おとなしくうなずく。

「……わかりました」

従順な反応に気を良くするアレン。

しかし、彼らは顔を覆ってぐすぐす嗚咽《おえつ》を上げてみせるのだ。

「これからは心を入れ替えます……女神様へのご恩に報いるためにも！」

「あんないい子がこの世にいていいのか……」

「く、国に残してきた妹を思い出しました……！」

「……貴様らもシャーロットに世話になったのか」

彼らから話を聞けば、アレンにぶち倒されたあとシャーロットに出会ったらしい。

彼女の向かう先を重点的に殲滅《せんめつ》して回ったので、出くわすのは当然だろう。

そうして魔法薬と優しい言葉をかけられて……グローのように一発で堕ちた。

あたりを見回せば、あちこちで「俺……悪いことからは足を洗うよ」だの「そろそろ実家に帰ろうかな……」だの「母ちゃんに会いたい……」だのといったぼんやりした会話が聞こえてくる。

どうやら荒《すさ》みきった日々を過ごしていた彼らには、シャーロットの純粋無垢さがよーく効いたようだ。

（それにしたって効きすぎでは……？）

アレンは少し不思議に思いつつも、ひとまずそれは横に置いておく。

「それで、シャーロットの様子はどうだ？」

「はいですにゃ。我がサテュロス運送社の社員が、全力で陰からサポート中ですにゃ」

ミアハがびしっと敬礼して応える。

途中から掃除が忙しくなったため、シャーロットの護衛は外部委託することにした。

ミアハが暇な社員を斡旋してくれたのだ。

「おっ、噂をすればですにゃ」

すたっ、とどこからともなく現れるのは、ミアハと同じ制服に身を包んだ、犬と狐の亜人ふたりだ。彼女らもアレンに向けて、びしっと敬礼してみせる。

「ご報告いたしますわん！　ターゲット様は無事にお買い物を済ませましたわん」

「お怪我も何にもないですこーん」

「うむ、恩に着る。これがバイト代だ」

「わーん！　ありがとうございますわーん！」

「噂にたがわぬきっぷの良さですこん！」

社員ふたりは金貨の詰まった袋を手にして、きゃっきゃと騒ぐ。

運送社に頼む仕事ではないとは思ったが、ミアハ曰く社員一同、稼ぐことができればなんでもいいらしい。

今後も細々した雑事を頼めそうだな……などと考えつつ、アレンはそっと声のトーンを落とす。

「と、ところで……ひとつ聞きたいことがあるんだが」

「わんー？」

「こーん？」

首をかしげる彼女らに、ぼそぼそとたずねることには。

「あいつはいったい何を買ったんだ……？」

シャーロットがアレンに秘密を作るのは、いいことだと思う。

だがしかし、気にならないといえば嘘になる。

「あっ、プライベートなものなら言わなくていいぞ！　女性はなにかと入り用だと思うからな！」

「そんなこともありませんが……」

「うーん……」

なぜか、社員ふたりは顔を見合わせる。

困ったように眉を下げてみせるのだが、苦々しい様子はまるでない。

おまけになぜか、子猫のじゃれあいを見るような微笑ましい目をこちらに向けてくる始末で……まるで理由がわからずに、アレンは首をひねるしかない。

やがて彼女らはうなずき合って、さっぱりと告げる。

「私たちの口からそれを言うのは、たぶんマナー違反ですわん」

「……どういう意味だ？」

「お待ちいただければわかると思いますこーん」

ふたりの含み笑いが、非常に気になるところだった。

しかしそれを追及するより先に――。

「あっ、アレンさん」

「うおっ」

背後から声をかけられて、アレンの肩がびくりと跳ねた。

ゆっくりと振り返ってみれば……そこにはシャーロットが立っていた。

亜人の彼女らが報告してくれた通り、朝出かけたときと変わりない。

買い物カゴを提げたまま、顔をぱっとほころばせる。

「ほんとにアレンさんがいらっしゃいました。みなさんのおっしゃっていた通りですね」

「『みなさん』……？」

そこでアレンは眉をひそめる。

シャーロットのため、街のゴロツキどもを粛清して回っていたことを知るのは当事者たちのみ。

だが、そのゴロツキどもにはきちんと口止めしておいたはず。

ちらりとあたりを見回すと、死体のように転がっていたはずの彼らが起き上がり、にわかに湧きたちはじめていた。

「おお、女神様だ……！」

「なんと神々しいお姿なんだろう……」

「くうう……！　大魔王め、俺たちの女神様を誑《たぶら》かしやがって……！」

あちこちから上がるのは、崇拝の声やら恨み節ばかり。

どうやら、口を滑らせた者はいなさそうである。

（では、どこから漏れた……？）

アレンが首をかしげていると、シャーロットはにこにこと続ける。

「大通りを歩いていると、道行く人たちがみんなアレンさんのお話をしていたんですよ。『大魔王さんがやってくれた』とか『これで街も平和になる』とか……それで、気になって見に来てみたんです」

「はあ……？」

「あ、言うのを忘れてましたのにゃ」

そこでミアハがちょいちょいとアレンに手招きする。

ひそひそと耳打ちすることには——。

「魔王さん、すっかり街中の噂になってますにゃ」

「……なぜだ？」

「なぜって。この一角は街でも悩みのタネでしたからにゃー。一気に制圧してくれたおかげで荒くれ者も減りそうで、みーんな大助かりってわけなのですにゃ」

「へー。よかったじゃん、おにい。図らずも人助けになったんだね」

「むう……」

エルーカもにこにこと褒め讃えてくるが、アレンは複雑だった。

それもこれも、ただシャーロットのためにやっただけのこと。

（まさかそれが他人の利益に繋がるとは……世の中わからないものだな）

おまけに不特定多数から感謝されるとなるとあまり経験がないことだ。

言動のせいで誤解されっぱなしなのは理解していたが、改める気も毛頭なかった。

だからいつもの調子でやったことが善行になるとは……なんだかむず痒い気持ちになる。

そんなふうに内緒話を繰り広げていると、シャーロットは小首をかしげてあたりを見回す。

「今日はどうされたんですか？　みなさんで運動会……とか？」

「うむ。そんなところだ。稽古をつけてくれと頼まれてな」

アレンはしれっと告げる。

あちこちから「よく言うよ……」だの「女神様には頭が上がらないんじゃ……」だの「大魔王を手なずけるとは、さすがは女神様……」だのといった密やかなヤジが飛んでくる。

地獄耳を生かして、ひとまずそちらはじろりと睨んでおいた。

シャーロットはそれに気付きもせず、苦笑してみせる。

「運動会が街の流行なんですかね？　今日はあちこちでお怪我をされた方をお見かけしたんです。おかげでアレンさんからいただいた魔法薬、ほとんど使い切っちゃいました……すみません」

「いや、ちょうどいい在庫処分になった。安物だし気にするな」

本当はひとつ銀貨三枚で売れるような、そこそこ上等なものではあったが、アレンはおくびにも出さなかった。

「ところで……えーっと、その、だな」

「はい？」

アレンは少し目をそらしつつ、言葉を探す。

聞いていいものやら散々迷ったが、結局好奇心に負けてしまった。

「……買い物はどうだった？」

「もちろん、ばっちりです！」

シャーロットは明るく言って、バッグをごそごそと漁る。

取り出したのはふたつの包みだ。

いかにも女性が好みそうなカラフルな包装紙に、きれいなリボンが巻かれている。

どうやら目当てのものをちゃんと買えたらしい。

ほっと胸をなで下ろすアレンの背後から、エルーカとミアハがのぞき込む。

「あっ、それって新規オープンした雑貨屋さんだよね」

「今一番ホットなスポットですにゃ。シャーロットさん、あそこの店で買い物がしたかったのですにゃ？」

「あ、あの、えっと……これは、ですね」

ふたりの顔を見て、シャーロットは少しばかり緊張したように表情を硬くする。

不思議な反応に三人は顔を見合わせるのだが……やがてシャーロットはごくりと喉を鳴らし、ずいっとふたつの包みを差し出した。

「え、エルーカさんと、ミアハさんへの……プレゼント、です！」

「へ!?」

「にゃあ!?」

「なん、だと……？」

おかげで場がざわりと揺れた。

エルーカとミアハは顔を見合わせ、気遣わしげにシャーロットにたずねる。

「え、ひょっとして……今日街に来たのって、あたしたちにプレゼントを買うため!?」

「初お給料だと聞きましたにゃ……ほんとにいただいてよろしいのですにゃ？」

「は、はい。おふたりにはいつもお世話になっておりますし……」

シャーロットはこくこくとうなずく。

おかげでふたりはそれぞれ包みを受け取った。

包装を取り除けば……可愛らしいプレゼントが顔をのぞかせる。

「わー！　イカした猫ちゃんのぬいぐるみだ！」

「ミアハには新しい帽子ですにゃ！　どうもありがとうですにゃ！」

「……よかったです」

はしゃぐふたりを前にして、シャーロットの表情がふにゃりと和らぐ。

プレゼントが気に入ってもらえるかどうか、かなり心配していたらしい。

きゃっきゃと笑い合う女子三人。

とても微笑ましい光景だ。

ここに水を差す者がいるとしたら、まず間違いなく重罪確定だろう。

だがしかし……アレンはこの空気に耐えられなかった。

「シャーロット！」

「は、はい？」

シャーロットの肩をがしっと掴み、震えた声で訴えることには──。

「……俺には、ないのか」

「おにい……」

「魔王さん……」

「大魔王殿……」

「逆にすげーよ、あんた」

エルーカとミアハ。

そればかりかメーガスやグローからも、ひどく残念そうな視線が飛んでくる。

大人げないとわかっていても、言わずにはいられなかった。

シャーロットはしばしぽかんとしていたが……申し訳なさそうに目をそらす。

「アレンさんに喜んでいただけそうなものも、いろいろ探したんです。魔法道具とか、薬草とか。でもどれがいいのか、全然わからなくって……」

「あー……それは仕方ないかもねえ」

エルーカが気の毒そうにうなずいてみせる。

たしかに魔法関係のアイテムは素人目には判別つきづらいものが多い。

単なる黒い石にしか見えない代物が、実は超絶貴重な鉱石だったりするし、シャーロットにはちんぷんかんぷんだっただろう。

だがしかし、アレンは納得がいくはずもない。

シャーロットの肩を摑んだまま、悲愴な顔でなおも叫ぶ。

「おまえがくれるものならなんでもよかったんだぞ！　その辺の道端に咲いた花だろうと、俺は間違いなく泣いて喜んだ……！」

「それはそれでどーなのさ、おにい」

「やっぱり重いですにゃー」

「やかましい！」

ヤジを飛ばしてくるふたりは、シャーロットからプレゼントをもらっている。

つまり、アレンの敵だった。

全力で睨みつけても一切怯《おび》えるそぶりがないのも憎らしい。

するとシャーロットがしゅんっと肩を落としてしまう。

「す、すみません……お世話になっているのに気が利かなくて……」

「あっ……い、いや、おまえを責めるわけじゃないんだが……」

アレンは言葉を詰まらせて、慌てて肩から手を離した。

さすがに子供じみた我が儘だったと反省する。

しかし、そんな彼の手をシャーロットはそっと握った。

驚き顔を上げたアレンに、彼女は困ったように笑いかける。

「私はいただいてばっかりで……アレンさんの好きなもの、なんにも知らないんだなって気付いたんです。だから、ひとまずは……」

そうしてカバンをごそごそと漁る。

取り出したのはアレンへのプレゼント……ではなかった。

「……裁縫道具？」

「はい。アレンさんのローブ、裾がほつれてますよね」

シャーロットは視線をアレンの足元に向ける。

たしかに雑な扱いを続けてきたせいで、ローブの裾は見事なまでにボロボロだ。今日もちょっとした運動会を繰り広げたせいで、さらに酷い有様となっている。

（そういえば……家では裁縫なんかを任されていた、と言っていたか）

だからローブの現状に気付いたのだろう。

シャーロットははにかみながら、小首をかしげてたずねる。

「ローブ、繕わせていただいてもいいですか？　それでその間……アレンさんのお好きなもの、たくさん教えてください。次はちゃんとプレゼントが選べるように」

「も……もちろんだ」

アレンはたったそれだけ言って、うなずくのがやっとだった。

それはおそらく、どんなものよりもはるかに値打ちのある時間になるだろう。そんな予感が胸に広がる。

背後からはエルーカとミアハがにやにやしているし、その他大勢のモブからは「なんで大魔王なんかに……」「俺も恋がしたい……」「俺も……」なんてヤジが飛んできて心底鬱陶しかったが、気分がいいのですべて大目に見ておいてやった。

「俺も真面目に働いて彼女作ろうかな……」

「だったら俺が口を利いてやるよ。どんな仕事がいい？」

「……動物関係の仕事とか？」

その一方で、冒険者と思えないほど堅実な会話を繰り広げるグローとメーガスだった。

七章　イケナイ温泉旅行

ある日の午後。

ともにリビングで読書していると、シャーロットがおずおずと声をかけてきた。

「あの、読み終わりました」

「ほう？」

読んでいた本を閉じてアレンは笑う。

「早いな、もう読んだのか」

「は、はい。面白かったので、あっという間でした」

分厚い本を胸に抱いたまま、シャーロットはこくりとうなずく。

彼女が読んでいたのは、この国のことを書いた本だ。

歴史に文化、主な産業に観光名所。おもに外国人観光客に向けたガイドブックのようなもので、フランクな文体で書かれているが、それでも内容は重厚そのもの。

シャーロットは隣国、ニールズ王国出身だ。

聞けば国外に出たのはこれが初めてだというし、この国のことを知っておいた方がいいだろうとアレンが見繕ったものだ。

時間を忘れて読書に浸る。

ささやかながら、忙しい現代においてはなかなかに贅沢なひとときだ。

つまりはイケナイことである。たぶん。

とはいえ本音を言えば、放っておけば屋敷中掃除して回ろうとするシャーロットを休ませるのが目的だった。真面目なのはけっこうなことだが、根を詰めすぎてもよくはない。

そんなわけで本を与えたのだが、ここまで早く読破されるとは思いもしなかった。

シャーロットは楽しげに本を開いてみせる。

「アレンさんやエルーカさんのおっしゃっていた、アテナ魔法学院のことも載っていましたよ。大きい学校なんですねえ」

「まあな」

見覚えのある校舎のモノクロ写真に、アレンはスッと目を細める。

アテナ魔法学院はとてつもなく巨大な学院だ。

生徒や教員、その他職員を合わせると小さな島国の人口くらいの規模になる。

三年ほど前に追い出された場所ではあるものの、人生の大半を過ごした学び舎だ。それなりの愛着は持ち合わせているものである。

久方ぶりに様子を見に行きたいなあ、などと考えて、ふと思いつくことがあった。

ニヤリと笑ってシャーロットに問いかける。

「学院が一番気になる場所なのか？　ほかにはあるか？」

「そうですねえ、いっぱいありますけど、ひとつ挙げるとするなら……あっ」

そこで、ページをめくっていたシャーロットの手がふと止まった。

アレンが首をかしげていると、じーっと怯《おび》えたような視線を向けてくる。

「もし私が気になる場所を言ったら……どうなりますか？」

「明日のお出かけ先が決定する」

「やっぱり！」

シャーロットはそう叫び、神妙な顔をする。

不思議な反応にアレンは肩をすくめてみせた。

「遠出は嫌か？　まあ、女性はなにかと荷物が多くなるからなあ」

かつてクロフォード家で暮らしていたときは、年一くらいの頻度で家族旅行に連れ回された。そのときの光景を思い出し、アレンは笑いかける。

「荷物くらい俺が持つぞ。これでもよく義母やエルーカのスーツケースを、叔父上と一緒に運ばされたからな」

「い、いえ、そういうことじゃなくってですね……」

シャーロットは申し訳なさそうに縮こまり、上目遣いでぽつぽつと話す。

「お世話になっている身の上ですし……遠出に連れて行っていただくなんて、やっぱり悪いです」

「遠慮しなくてもいいんだぞ」

「でも……私はこのお屋敷でアレンさんと過ごす時間が、一番好きですから」

そう言って、シャーロットは屈託なく笑ってみせた。

どの言葉にも嘘はなさそうだが……アレンはちょっとした不満を覚える。

「それに、イケナイことはたまにするからいいんですよ。いっつもイケナイことをしていたら、イケナイ子になっちゃいます」

「むう……たしかにその言葉は一理あるだろうが」

アレンはシャーロットを堕落させたいわけではない。

ただ、これまで経験したことのないような喜びを楽しんでもらいたいだけだ。

貧すれば鈍するとは言うものの、満たされすぎても人はダメになる。

イケナイことは節度を守って行うべきだ。

それにはアレンも異論がない。

だがしかし……ここで折れるわけにはいかなかった。そっと不安げな顔を作って、シャーロットの顔をうかがう。

「旅行に連れて行ったら……間違いなく、おまえは喜んでくれるだろ？　俺はそれが見たいんだ」

「うっ……そ、それはそうかもしれませんけど……」

シャーロットがさっと目をそらす。

手応えがあった。アレンは嬉々としてたたみかける。

「きっと楽しい旅行になるぞー。地方の郷土料理に舌鼓を打つもよし、観光地を巡るもよし、宿でだらだら昼寝をするもよし。ああ、温泉に入ってもいいだろうな」

「お、温泉……！」

シャーロットの肩がびくりと跳ねる。

クロフォード家の家族旅行の行き先は、当然ながらヒエラルキー上位の義母が握っていた。そのため、いかに女性が温泉と呼ばれるスポットに魅力を感じるか、アレンはよーく知っていた。

もはや陥落は近い。

アレンはにやりと笑ってシャーロットの顎をすくい上げる。

「そら、行きたい場所を言え。そうすれば……俺がその願い、叶えてみせよう」

「あ、アレンさん……」

空色の瞳がぼんやりとアレンを見つめる。

しかしシャーロットはハッとしたように身を引いてみせた。

「そ、それでもダメです！　絶対に言いませんからね！」

「むう、強情なやつめ……だったら最終手段だな。また死の呪いをかけるか、俺に」

「それはもうやめてくださいって言いましたよね⁉」

シャーロットのいつものツッコミが響くと同時。

ちょうど折よく、玄関のチャイムが鳴らされた。

呪いをかけようとしていたアレンだが、ひとまずそれを中断して首をひねる。

「ちっ、こんなときに……悪いが少し出てくる。待っていてくれ」

「た、助かりました……」

あからさまにホッと胸を撫で下ろすシャーロットだった。

この程度でアレンが諦めると思っているところがまだまだ甘い。

それはひとまず置いておいて、アレンは玄関へと向かった。

扉を開ければ……いつもの人物がびしっと敬礼を決めてみせる。

「どーもどーも魔王さん。こんにちはですにゃ」

「なんだ、ミアハか。しかし配達は午前中に済ませてくれたはずでは……？」

「今回は特別なお届けものですにゃ」

カバンをごそごそ漁って取り出すのは、一通の封筒。

宛先は『大魔王様へ』ときた。

なんて雑な宛名だ。これで届けてくれる運送社もどうかしている。

おまけに見覚えのない筆跡だったので、アレンは首をかしげるしかない。

「なんだ、その手紙は……？」

「ふっふっふー。聞いて驚いちゃいけませんですにゃ」

ミアハはいたずらっぽく笑って、びしっとその封筒を差し出した。

そうして曰く――。

「ずばり……二名様、二泊三日のご旅行をプレゼントなのですにゃ！」

「はあ……？」


かくして、その次の日。

「わ、あー……」

馬車の窓から顔を出して、シャーロットが感嘆の声を上げる。

外に広がっていたのは一面の草原だ。初夏の日差しに照らされて、新緑の緑が踊る。山々ははるか遠く、駆け抜ける風も穏やかだ。

なんの変哲もない景色に、シャーロットは釘付けだった。

思っていたよりも上々な反応にアレンは苦笑する。

「喜んでくれてなによりだが、そんなに見惚れるほどのものか？」

「は、はい。ニールズ王国は山が多いので……こんなにきれいな平地は初めて見ました」

シャーロットはにこやかに言ってから、重いため息をこぼしてみせる。

「こっちの国に逃げてくるときは、荷馬車の中に紛れ込んだんですけど……あのときは景色を楽しむ余裕なんてありませんでしたから」

「そ、そうか……」

広げる話題をミスったらしい。

アレンは動揺しつつもフォローに回る。

「まあしかし、こちらの地方はずいぶんな田舎だからな。おまえの手配書なども回っていないらしい。安心して羽を伸ばすといいぞ」

「はい。変装なしでお出かけできるなんて、夢みたいです」

シャーロットは金の髪のまま無邪気に笑う。

そんな姿を見てアレンは胸をなでおろしつつ、シャーロットにならって外をのぞく。

心地よい風が頬を撫でる。空気も新鮮で、たしかに気分がよかった。

「まあ……悪くはない景色だな」

「ふふ。そうでしょう？」

ふたり小さく笑い合い、しばし無言で景色を眺める。

風と蹄の音だけが重なって、穏やかな時間を彩った。

ここはユノハ地方と呼ばれる場所だ。

アレンたちが暮らす屋敷から北東の方角に、馬車で三時間ほどの距離にある。

今日からこの地方で……二泊三日の温泉旅行だ。

アレンはこっそりと口の端を持ち上げる。

（しかし街の連中も粋な真似をしてくれるな。まさか旅行を進呈してくれるとは）

先日、シャーロットのお出かけを守るため、アレンはメアード地区と呼ばれる場所を制圧した。

そこは四六時中ゴロツキくずれの冒険者が大勢たむろしているような場所で、街の人々にとって悩みの種であったらしい。

だが、アレンの手によって、その地区にいた者たちはほとんどが強制的に改心した。

今や彼らはまっとうな冒険者稼業に精を出し、地区のゴミ拾いなどにも精力的に参加している。

あの後も定期的にイビリに行ったのが正解だったようだ。

結果として、アレンは街の治安維持に貢献した。

その功績を讃えるべく、街の商店などが属する互助会から金一封が出たのだ。

つまりこの旅行はタダである。

遠慮しがちのシャーロットも、タダならなにも文句はないだろう。

それなのに、彼女は困ったように眉を寄せてみせる。

「でも……本当に私がご一緒してよかったんですか？　エルーカさんをお誘いした方がよかったのでは？」

「いや、あいつは野暮用があるらしい」

エルーカは数日街を離れると言っていた。

用事はおそらく、アレンが頼んでおいたニールズ王国の調査だろう。

とはいえそれがなくとも、間違いなくアレンはシャーロットを誘っていた。

なぜいい年をした兄妹が一対一で旅行に繰り出さねばならぬのか。血を見る喧嘩が毎時間起こるのは確実だった。

「それより見えてきたぞ。あそこが今日から泊まる宿だ」

「あ、あれが……！」

いつの間にか、車窓から見える景色は少し変化していた。

馬車の向かう先、平原が途切れて青い大海原が見渡せる。

そしてそのすぐそばの崖の上には、大きな建物がそびえていた。淡いクリーム色の建造物で、ヤシの木がその周りをぐるりと囲む。

このユノハ地方で今一番人気の、リゾートホテルだ。

ここ一帯は昔から温泉が有名な観光地であり、あちこちに観光客向けの宿が建っている。

中でも今回アレンたちが泊まることになったあのホテルは、真新しい三つ星ホテルだ。

温泉はもちろん、料理やマッサージなど手広いサービスが特徴で、リピーターも多い……らしい。

すべてミアハの受け売りだ。

『ミアハが互助会の人たちに意見して、魔王さんたちにぴったりなプランを選んでおきましたのにゃ。どうぞお楽しみくださいなのにゃ～』

お土産はいいから、レポをお願いしますのにゃーなんて言われたほど。

そうこうするうちに建物がどんどん近付いてくる。

シャーロットはハッとして、あの分厚い本を取り出してみせた。

「見てください、アレンさん。あのお宿、この本にも載っていますよ！」

「どれどれ……おお、そのようだな」

しかも丸々二ページ、見開きという大きな扱いだ。

これは本当に期待できそうだなあ、と顎を撫でていると、アレンはふと思い当たることがあった。

「ひょっとして、おまえが行きたがっていたのはあのホテルか？」

「……はい！」

「嘘だな」

「うう……すごいです、アレンさん。ほんとに嘘がわかるんですね……」

シャーロットは叱られた子供のように縮こまってしまう。

たっぷり迷って目をそらし、震える声で告げられたら誰でも今の嘘は見抜くことができるだろう。ちょっとは世慣れさせるべきなのかもしれない。

シャーロットから本を借り、アレンはぱらぱらとめくる。

「ふむ、ここではないのか……ならばこっちの孤島のホテルか？　いや、待て。女性に人気となるところちらの……」

「す、推理しないでください！」

シャーロットはなぜか真っ赤な顔でアレンから本を奪った。

「温泉もちゃんと楽しみですから！　だから行きたい場所とかは忘れてください！　は、恥ずかしいですから……！」

「『恥ずかしい』？」

アレンは首をひねるしかない。

「……行きたい場所がバレるのが、なんで恥ずかしいんだ？」

「だ、だって……」

本を胸にぎゅうっと抱いて、蚊の鳴くような声でぽつりとこぼす。

「ち、小さな子供が、行きたがるような場所なので……」

「ふーむ？　なるほど」

だが、そうなってくるとかなり候補が絞られる気がする。

そのままつらつらと推理を続けようとして……やめた。

アレンは肩をすくめてみせる。

「まあ、そこまで嫌がるなら暴き立てるのはやめておこう。だがひとつだけ言っておくぞ」

「は、はい？」

きょとんと目を丸くするシャーロットに顔を近付け、アレンはイタズラっぽく笑う。

「子供の頃できなかったことを、長じてから存分に試みるというのも乙なものだぞ。それもまたイケナイことだ」

「……アレンさんも、子供の頃できなかったことがあるんですか？」

「ああ」

鷹揚にうなずいて、過去へ想いを馳せる。

わりとやりたい放題の人生ではあったが、ままならないことはいくつもあった。だが、それらはすべて後々になって達成したものだ。

「地底数千メートルの洞窟にバカ高い魔法鉱石を掘りに行ったり、誰も住んでいない秘境の奥地で広範囲破壊魔法をぶちかましたり……幼少期はどれも叔父上に止められていたからな。年を重ねてからやると格別だった」

「な、なにか違う気もしますが……楽しそうですね！」

シャーロットは無理やりに相槌を打ってみせた。

「まあ、ともかくだ。俺がおまえの行きたい場所を聞いて『子供っぽい』と笑うと思うか？」

「……いいえ」

「ほらな。だからいつでも言いたくなったら言えばいい。どんな場所でも付き合ってやるからな」

「っ……はい！」

シャーロットは花が咲いたように笑う。

そもそも、彼女にまともな子供時代などほとんどなかったことだろう。

かつての時間を取り戻すというのは大事な試みだ。

（ふむ……童心に返らせる……悪くない方針だな）

この温泉旅行が終わった後も、教えられる『イケナイこと』はまだまだありそうだった。


ほどなくして、ふたりは宿に到着した。

「ようこそ、我らがユノハ・リゾーツへ！　歓迎いたしますわ♪」

フロントに足を踏み入れるなり、コンシェルジュが丁寧に頭を下げる。

髪にサンゴの飾りをつけて、下半身は魚。典型的な人魚族だ。それでも上半身にはぴっしりとしたスーツをまとい、いかにも従業員といった出で立ちである。

彼女は尻尾でぴょんぴょん器用に移動して、アレンたちの荷物を持ってくれる。

ミアハから受け取ったチケットを渡せば、顔をぱあっと明るくする。

「ご予約のクロフォード様ですね。お部屋の用意はできております。もう向かわれますか？」

「ああ、頼む。温泉ももう開いているのか？」

「もちろんです。今はちょうど空いている時間帯でございますよ♪」

「ふむ、それじゃ先に入りに行っても――」

「は、はい！　アレンさんがよろしいなら！」

シャーロットは食い気味にうなずいてみせた。

本当に温泉自体は楽しみにしていたらしい。

その反応に、人魚がにこりと微笑む。

「では、お部屋と大浴場へご案内いたしましょう。どうぞこちらです」

「うむ。感謝する」

「あ、ありがとうございます」

「いえいえ、私どもも喜ばしいことですから」

人魚は頰に手を当て、ほうっと熱っぽい吐息をこぼす。

なぜかアレンとシャーロットの顔を微笑ましそうに見つめてみせて――。

「新婚旅行に当ホテルをお選びいただけるなんて、とても光栄でございますわ♪」

「……しんこん？」

「……りょこう？」

思いもよらない単語に、ふたりはぴしりと固まった。

おかげで人魚は「あら？」と小首をかしげるのだ。

「ひょっとしてご夫婦様ではございませんの？」

「あいにく……な」

「では、カップル様ですね！」

「いや…………それも、違う」

痺れる舌をなんとか持ち上げて、アレンは答える。シャーロットは真っ赤になって凍りついているし、この場は自分がなんとかするしかなかった。

「ちなみに……何故そう思ったのかを聞かせてくれないか？」

「いえ、だってこれ……」

先ほどアレンが渡したチケットをかざして、人魚は不思議そうに告げる。

「カップル・ご夫婦様限定のスペシャル宿泊パックですよ？」

「ミアハのやつめ、謀ったな……！」

魔王さんたちにぴったりなプランを選んでおいた、という彼女の言葉を思い出す。

そういえばあのとき妙に楽しそうだった。

アレンの反応に首をかしげつつ、人魚は淡々と告げる。

「プランにご不満なら変更も可能ですが……こちらが一番豪華なものになっておりますので、このままの方がお得ですよ？」

「では……」

アレンはごくりと生唾を飲み込んで、決意を告げる。

「その、カップル・夫婦限定パックで……頼む」

「承知いたしましたー♪　どうぞこちらでございますー♪」

「か、かっぷる……ふうふ……」

アレンは凍りついたままのシャーロットの手を引いて、ずいずい進む人魚の後を追った。

部屋は海が見渡せる角部屋だった。

居心地よさそうな空間にひとまず荷物を置いて、人魚に連れられるまま温泉へと繰り出す。

その間、シャーロットとの会話は少なめで、空気はどこかぎこちなかった。

さすがのアレンもこんな状況でいつもの調子が出るはずもない。

（カップル……もしくは夫婦……か）

それらの浮ついた単語に、どんな感想を抱けばいいのかもわからなかった。

「さあ、到着いたしましたよ♪」

まごまごしているうちに人魚が立ち止まる。

温泉は宿の最奥部に存在しており、入り口は大きく、さまざまな客が出入りしていた。

人魚はアレンたちを見てにっこり笑う。

「こちらが当ホテル自慢の温泉施設になります♪　どれも地下からくみ上げた天然温泉で、中でも露天風呂が一番の人気ですね。海が一望できるんですよ」

「ほう、それはいいな」

ガイドに載るだけのことはありそうだ。

景色を眺めて湯に浸かれば、このむず痒いような心地も落ち着くはず。

そう期待するのだが……それは人魚の問いかけによってあっさり打ち砕かれることになる。

「ところでお客様、水着のご用意はありますか？」

「み、水着……？　なんでだ」

「それはもちろん……」

人魚は満面の笑みを浮かべて、温泉の入り口を示す。

曰く――。

「こちらは水着着用でお入りいただく、男女兼用の大浴場となっておりますので！」

「はあ⁉」

「はい⁉」


ふたり仲良く、すっとんきょうな声を上げた三十分後。

「マジかー……」

アレンは海パン姿で、呆然と温泉を眺めていた。

宿の温泉は本当に広かった。

巨大なドーム状になった中には、さまざまな湯船が並んでいる。

おまけにサウナ部屋やマッサージルーム、ジューススタンド、スライダー付きの温水プールなどもあって、一大テーマパークといった様相だ。

その中ではさまざまな客が、水着のまま温泉を楽しんでいた。

種族や、老若男女の区別もない。中には岩人族専用のマグマ風呂なんかもあるらしい。

人魚のコンシェルジュは、今は空いていると言っていたが……それでもけっこうな賑わいだ。

たしかに女湯、男湯に分けてしまうより、こちらの方が広々と楽しむことができるだろう。家族連れも一緒に湯に浸かれるし、一石二鳥というわけだ。

「いやでも……水着って……なあ」

アレンは頭を抱えるしかない。

郷に入れば郷に従え、とは言うものの……。

『それでは、女性のお客様は私がご案内いたしましょうね♪　レンタルでは可愛い水着を多数取り揃えておりますので、じっくりゆっくりお選び下さいませ♪』

『えっ、えっ……えええ!?』

『ああうん。ゆっくり支度してこいよー』

シャーロットが女子更衣室へ連行されていくのを、アレンはぼんやり見送ることしかできなかった。

あれからずっと『水着』という単語が脳内を占拠している。

目の前には水着姿の客が大勢いた。中にはもちろん若い女性もいて、湯船の中で瑞々しい肌を撫でさする。

だがそんなものよりも、まだ見ぬシャーロットの水着姿の方がよっぽどアレンの心をかき乱した。

それを実際に目の当たりにしてしまったら、どうなってしまうのか。

正直、自分でも予想がつかなかった。

（よし。もしものときは心臓を止めよう。止めまくろう）

そうあっさり自決の覚悟を決めて、アレンは平常心を保とうとした。

そんな折――。

「あ、あの……お待たせしました」

「っ……！」

背後からおずおずと声がかかった。

おもわず肩が跳ねそうになるが、アレンは鉄の意志でそれを耐えた。

深呼吸をしてから、不自然にならない程度にゆっくりと振り返る。爽やかな笑顔を作ることも忘れない。覚悟も準備も万全だった。

「いや、俺も今来た……とこ、ろ……」

「あ、アレンさん？」

その瞬間、アレンは言葉を失った。

シャーロットが不安そうに小首をかしげても、一切反応できなかった。

紐で首から吊すタイプの花柄ビキニスタイルだ。

とはいえ露出は控えめで、上はふんだんなフリルで守られており、下はパレオが巻かれている。

だが、そこで油断することはできなかった。

ビキニとなると当然おへそ回りが丸見えだし、パレオの下から覗く素足もまぶしい。持ち前のスタイルの良さが、非常に際立つ出で立ちだ。

水に反射した光のせいばかりではない。

水着姿のシャーロットは、まばゆいばかりに輝いていた。

心臓を止める必要などなかった。なぜなら勝手に止まったからだ。

黙り込んだアレンをどう思ったのか、シャーロットは眉を寄せる。

「や、やっぱりこんな格好……似合いません、よね……？」

「…………い、いや」

アレンはなんとかかぶりを振って、言うべき言葉を絞り出す。

「よく、似合っているぞ」

「そ、そうですか……？」

シャーロットはぱっと顔を輝かせる。

しかしすぐにハッとして目をそらすのだ。

不思議な反応にアレンは首をかしげるが、シャーロットの頬がほんのり赤くなっていることに気付く。彼女が蚊の鳴くような声で言うことは――。

「あ、アレンさんも……お、お似合いだと思います」

「ああ、うん、なるほど。お互い様か」

「なにがですか……？」

「いや、なんでもない。それより早く行こう」

恥ずかしがるシャーロットの手を取って、いざ湯船を目指す。

水着はおいおい慣れるとして……大事なのはシャーロットを楽しませることだ。そのための計画はもちろん立ててきた。

「さあ、温泉でしかできないイケナイことを楽しもうじゃないか」

せっかくだし、ということでふたりはホテル一推しだという露天風呂に向かった。

扉を開けて外に出れば、まばゆい光が出迎えてくれる。

「わあ……！」

シャーロットが感嘆の声を上げた。

扉の外に広がっていたのは、鍾乳洞のような岩肌だ。どうやらこのホテルが建つ崖をそのまま
くりぬいて作ったものらしく、真正面は大きくぶち抜かれて大海原が見渡せる。

そしてその大海原の目の前に、巨大な露天風呂が広がっていた。

白い湯気が立ち上り、硫黄の匂いがぷんと漂う。

洞窟のおかげで日光を直に浴びることもなく、湯を楽しめるというわけだ。

おまけに非日常感がすさまじく圧倒される。

「すごいお風呂ですね！」

「ああ。これなら人気も納得だな」

アレンも素直にうなずく。軽く湯を浴びて体を流してから、ふたり並んで湯船に浸かった。湯加減は熱すぎず、ぬるすぎず。とろりとした温泉が全身を包む。

「わあー……きもちいいですねえ」

「そうだなあ……」

しばしふたり、海を見ながら湯を楽しんだ。

ほかの温泉客も似たようなもので、小さな話し声がぽつぽつ聞こえるほかは、潮騒の音だけが心地よく響く。ときおり海鳥の鳴き声も届き、穏やかな時間が流れていく。

シャーロットは顔を赤らめぽーっとしたまま、うれしそうにつぶやいた。

「ずーっと……ここにいたいですねえ」

「そうだなあ」

「でも……いつまでも浸かっていたら、のぼせちゃいますね。ちょっともったいないです」

「ふっ、甘いな。温泉の楽しみ方はこれだけじゃないんだぞ」

「え？」

アレンがニヤリと笑った、そのときだ。

「お客様～、ご注文の品をお持ちしました♪」

「ちょうどいいタイミングだ。礼を言う」

あの人魚のコンシェルジュが、お盆を持って颯爽と現れた。

彼女から受け取るのは、ガラスの器に盛られたアイスクリームだ。真っ白なバニラアイスに、さくらんぼがひとつ添えられている。

それを手渡せば、シャーロットの顔がぱあっと輝いた。

「温泉に浸かりながらアイス！　ぜ、贅沢です……！」

「驚くのはまだ早いぞ。《永久凍結《イモータルアイス》》」

ぱちんと指を鳴らせばガラスの器が青白く輝きはじめる。

湯気に当たってもアイスはわずかにも形を変えず、ほどよくカチカチのままである。

「これで湯の中でも溶けなくなった。ゆっくり味わうといい」

「あ、ありがとうございます！」

シャーロットはさっそくアイスを少しだけすくい、ぱくっと一口。

その瞬間、幸せそうに顔がほころんだ。

美味そうに食べるなあ、なんて思って見ていたが、それは他の客たちも同じだったらしい。誰もがシャーロットに釘付けとなり、顔を見合わせてごくりと喉を鳴らす。

「ねえねえ、おとーさん！　僕もあのアイス欲しい！」

「し、仕方ないなあ。エステ中のママには内緒だぞ？」

「あわわっ、みなさん。順番にご注文を承りますね～！」

「のう、お兄さんや。わしらのアイスにも、その魔法をかけちゃくれんかね？」

「もちろんお安い御用だ！」

気分が良かったので、アレンはふたつ返事で了承した。

かくして露天風呂に一大アイスブームが訪れることとなった。


そしてその夜。

「本当に……本日はありがとうございました！」

「いやいや、とんでもない」

宿のレストランで食事をしていると、人魚のコンシェルジュがわざわざ挨拶にやってきた。

どうやら彼女は宿のスタッフの中でもかなり役職が上の者らしい。

目をキラキラ輝かせて、祈るように指を組む。

「お客様のおかげで、本日はアイスの売り上げが三倍に伸びたんです！　おまけにアイスが溶けない魔法もスタッフに教えていただいて……感謝してもしきれません！」

「そんな大袈裟な……大したことはしていないから気にしないでくれ」

アレンは苦笑してかぶりを振る。

するとシャーロットがステーキを飲み込んでふにゃりと笑う。

「みなさん喜ばれてましたもんね。やっぱりアレンさんはすごい魔法使いです」

「おまえまで……たかだかアイスが溶けないようにしただけだぞ」

だが、たしかにあの場にいた客たちはみな笑顔になっていた。

簡単な魔法だったというのに効果は抜群。

ただシャーロットを喜ばせるだけのはずが、あちこちから感謝された。

街での一件と同じである。

（むう。不思議なこともあるものだなあ……）

そう思いはするものの、どのみちシャーロットを喜ばせるというミッションは成功した。おかげでアレンはその点に関しては非常に満足だった。

だがしかし人魚のコンシェルジュは、どうしても感謝がし足りないらしい。

祈るように指を組んで、キラキラした目でアレンを見つめる。

「ぜひともお礼をさせてください。明日の観光の予定はお決まりですか？　もしよろしければ、当ホテルが全面バックアップさせていただきます！」

「ありがたい話だが……特に考えていなかったからなあ」

「私も温泉に入ることしか……」

シャーロットと顔を見合わせていると、人魚はにこやかに手を揉む。

「このあたりは観光名所がいくつもございますから、ご相談いただければ完璧なプランをご提供いたしますよ？」

「ふむ。例えばどんな場所があるんだ？」

「そうですねえ、ダイビングスポットや海水浴場……」

彼女が指折り挙げるのは、どれも海辺の観光地によくあるものだ。

特に興味を惹かれなかったが、最後のひとつは少し毛色が違っていた。

「あとは、フェンリルが見られる丘なんかもございますけど」

「なに、このあたりはフェンリルが出るのか」

アレンはかすかに目をみはる。

フェンリルといえば、かなり高位の魔狼である。

争いを好まぬ気高い気性で、滅多なことでは人前に姿を現さないため、一目見ることができれば幸運を授かると言われている。

アレンもこれまで目にしたことは一度や二度だ。

大いに興味をそそられたが、人魚の彼女は苦笑する。

「でも、今行っても無駄足になるかと思われます。今は子育てが忙しい時期なので、滅多に山から下りてこないんです」

「なるほど……タイミングが悪いな」

「ですが、魔物関連ならもっとオススメのスポットがございますよ」

人魚は手応えを感じたのか、キランと目を輝かす。

そうしてびしっと告げるスポットとは——。

「ずばり、ユノハ魔道動物園です！」

「っ……!?」

「……ほう？」

その名が上がった瞬間、シャーロットの目がキランと光ったのを、アレンは見逃さなかった。

次の日も無事に快晴となった。

穏やかな日差しが降り注ぎ、絶好のお出かけ日和である。

「それでは夕方にお迎えにあがりますね〜」

「うむ、感謝する」

人魚のコンシェルジュが馬車を繰り、手を振って宿へと帰って行く。下半身は魚のままだが、器用なものだ。仕事のスキルの高さがうかがえる。

まあ、それはともかくとして。

アレンは顎を撫でて笑う。

「なるほど。ここに来たかったのか」

「ふ、ふえぇ……」

シャーロットは真っ赤な顔でうつむいてしまう。

だが目線はちらちらと前方へと向けられていて、困惑半分、期待半分といった様子だ。瞳もどこかキラキラしている。

ふたりの目の前にそびえるのはカラフルな入場ゲートだ。

そこにはこう書かれていた。

いわく……ユノハ魔道動物園。

その名の通り、魔道動物――魔物を飼育しているテーマパークだ。

実際は研究施設の側面が強いのだが、一般市民に広く開放されており人気も高い。

世界各地にこういった施設があるものの、ここはかなり大きい方だ。

ドラゴンの中でも長寿を誇る万古竜《エンシェントドラゴン》や、フェニックスなどといった珍しい魔物もいるらしく、国内外からの人気が高い。アレンもその昔、名を小耳に挟んだことがある。

パンフレットの情報量も膨大だ。

大きな地図を広げてアレンは唸る。

「一日かけてやっと見終わるくらいだな。まあ、ゆっくり回るか」

「で、でも……いいんですか？」

シャーロットがおずおずと申し訳なさそうに口を開く。

「私のわがままにお付き合いいただくのは、なんだか申し訳ないです」

「なに、俺は別に行きたいところもないしな。たまにはこんな場所も悪くない」

アレンは鷹揚に笑いつつ、小首をかしげる。

「それにしても魔物が好きなのか？　まったく知らなかったぞ」

「ま、魔物さんというより……ガイドブックに書かれていた『動物園のふれあいコーナー』が気になりまして……」

「ああ、なるほど。これか」

パンフレットの地図を探せば、たしかに『ふれあいコーナー』というものが見つかった。おとなしい魔物を放し飼いしていて、自由に餌をやったり撫でたりすることができるらしい。

アレンは大いに納得するのだが、なぜかシャーロットはますます小さくなるばかりだ。

「うう……子供っぽくてすみません……」

「なにを言うか。見てみろ」

「へ？」

縮こまるシャーロットの肩を叩き、入場ゲートを示す。

中に入っていくのは、小さな子供を連れた家族連れや、アレンたちと似たような世代の若者グループ、お年寄りのツアー客などさまざまだ。

それを見てシャーロットはあんぐりと口を開ける。

「こ、子供だけが行く場所じゃないんですか……？」

「見ればわかるだろう。動物園に年齢なんて関係ないんだ。だから恥ずかしがることはないんだぞ」

「そうだったんですか……」

シャーロットはびっくりしたように、ゲートへ吸い込まれる人々を凝視する。

その反応を見て、アレンはふと気付くのだ。

「……ひょっとして、こういう場所に来るのは初めてか？」

「はい……絵本では読んだことがあったんですけど」

昔、まだ母とふたりで暮らしていたとき。

近所の子供からお古の絵本をもらったのだという。

すり切れるまで大事に読んだその本には、かぶりものをかぶる子供や、動物たちとふれあう子供なんかがたくさん描かれていて……。

「いつか、行ってみたいなって……ずっと思っていたんです」

そんなことを語りながら、シャーロットはどこか夢を見るような眼差しで、ぼんやりと動物園のゲートを見つめていた。それはまるで置いてきぼりにされた幼い子供のような横顔で……アレンは胸が締め付けられた。

だがそれはおくびにも出さず、不敵に笑う。

「よし、だったら今日は全力で楽しもうじゃないか。子供に戻った気になってな！」

「は、はい……！」

ぱっと顔を明るくしたシャーロットを連れて、アレンはゲートをくぐった。

（これはもう……何がなんでも楽しませるしかなさそうだな）

今日はシャーロットの失われた子供時代を取り戻す。

そのためにも全力で甘やかし、付き合おう。そう誓った矢先のことだった。

「あっ」

園内に足を踏み入れた途端、シャーロットの足がぴたりと止まった。

不思議に思って視線を追えば、売店のスタンドが目に入る。

そこで売られていたのは、猫だか犬だかわからない耳がついた、カチューシャだった。

子供やカップルがこぞって買い求めていて、その一角は特に浮ついた空気が漂っている。観光地ならではの光景だ。

アレンはくすりと笑う。

「欲しいか？」

「えっ、えっ、でも……」

「今日は遠慮は無用だ。ほら、好きな色を選べ」

そう言ってシャーロットをスタンドまで連れて行き、物色させる。

最初は戸惑っていたものの、すぐに目を輝かせて選びはじめた。

入場前に浮かんでいた物憂げな色は、きれいさっぱり消えている。

アレンはそれに大満足だったが……やがてシャーロットが心を決めた。

「そ、それじゃあ……こ、これを、お願いします……！」

「ああ、了解し……待て。なんでふたつなんだ」

シャーロットが選んだのは、薄茶の猫耳と、白地に黒のぶち模様がついた猫耳だ。

首をかしげていると、シャーロットはおずおずと告げる。

上目遣いで、祈るように。

「あ、アレンさんも一緒に……つけませんか？」

「…………」

絶句。

それ以外に反応のしようがなかった。

だがそのせいでシャーロットはしゅんっと肩を落としてしまう。

「あっ、こんな子供っぽいの、アレンさんはお嫌ですよね……すみません……」

「嫌なわけがあるか！　店員！　会計を頼む！」

「まいどありー」

アレンは勢いのままに銀貨を二枚支払った。もうここまで来るとヤケである。

かくしてふたりとも、浮かれた猫耳を装着する運びとなった。

もちろんアレンが白地のぶち模様で、シャーロットが薄茶だ。

シャーロットは目を輝かせてアレンの頭を凝視する。

「わああ……お、お似合いです！　かわいいです、アレンさん！」

「そ、そうか……」

それを言うならシャーロットの方が似合っていると思うのだが、うまく言葉が出てこなかった。

笑顔が引きつるのは、自分の力ではどうしようもなかった。

(知り合いに見られたら……消すしかないな)

記憶か、命か。それはその場合によりけりだろう。

そうしてふたりは猫耳を装備したまま、まずはふれあいコーナーを目指した。

柵で囲まれた中には平坦な芝生が広がっていて、中にはいろいろな魔物が放し飼いにされている。

交配を繰り返しておとなしくなった、人くらいの大きさの品種改良ボーパルバニー。

礼儀正しい性格で、番犬に飼う金持ちもいるという二つ首の魔犬オルトロス。

空腹になると山をひとつ壊滅させるまで暴れ回るが、食べ物を与えている限りはおとなしい地獄カピバラ。

などなどなど……。

あちこちでそんな魔物たちが客の差し出す餌を食んだり、ごろんと横になって腹を見せたりしている。

事故が起こらないように飼育員が何人か目を光らせてはいるものの、ひどく呑気な光景だ。

おかげでアレンはくすりと笑う。

「ずいぶん気の抜けた場所だな。だがどうだ、気に入ったか。シャーロット……シャーロット？」

隣のシャーロットに話しかけても返事がなかった。

そっと様子をうかがって、アレンはぎょっとする。

シャーロットはわなわな震えながら、涙目でふれあいコーナーを拝んでいた。

「お、おい。どうした。大丈夫か」

「だ、だって……！　あ、あんなに、あんなにもふもふで、ふわふわで、ころころなんですよ……！」

言語野に深刻なダメージがあったとしか思えないセリフだった。

とうとうシャーロットはぐすぐす泣き出して、今度はアレンを拝みはじめる。

「い、生きてて良かったですぅ……！　ありがとうございます、アレンさん……こんな天国が見られるなんて、もう思い残すことはありません……！」

「いやあの、まだ中に入ってもいないだろ……」

彼女の涙を見るのは何度かあったが、今回はちょっと様子がおかしかった。

とりあえずハンカチを差し出しつつ、アレンは首をひねる。

（そんなにいいものか……？　単なる毛まみれの魔物じゃないか……）

アレンからしてみれば、どれもこれもただの魔物である。

だがシャーロットにとっては極楽浄土も等しい光景に映るようだ。

へたに刺激するのは避けつつ、やんわり入り口に誘導する。

「まあともかく、入るぞ」

「は、はい……！　心してもふもふさせていただきます……！」

ごくりと喉を鳴らし、シャーロットは決意をこめた眼差しで手近な魔物に近付いていく。

どこか、戦場に出る勇者のような足取りだった。

（ふっ、だがそこまで気に入ったのなら……少し手を貸してやるか）

そっとシャーロットから離れて、アレンは手近な場所にいたボーパルバニーに話しかける。

『なあ、ちょっといいだろうか』

『わっ。びっくりした。お客さん、ぼくらの言葉しゃべれるんだ』

『ほんの少しだけな』

魔物の言語なら、多少は心得がある。

このあたりの丘に出るというフェンリルのような高位の魔物には通用しないが、ボーパルバニー程度の低ランクの魔物なら、問題なく意思の疎通ができるのだ。

魔物言語が話せる客が珍しいのか、ほかのボーパルバニーたちも集まってきた。

大きなウサギたちはそろって首をかしげてみせる。

『それで、ぼくたちになにかご用？』

『実は俺の連れがおまえたちをいたく気に入ってな。遊んでやってくれないだろうか。かわりに好きな餌をあるだけ買ってやる』

『わーい！　やるよ、やるやる！』

ボーパルバニーたちはうれしそうにきゅうきゅうと鳴く。

これで買収は完了だ。アレンは意気揚々と振り返り――。

「おーい、シャーロット。こっちに来て……」

その場でぴしりと凍りついてしまった。

目の前に広がっていたのは、実に異様な光景だ。

「えへへ……もふもふですぅ……」

数多くの魔物に囲まれて、シャーロットがとろけんばかりの表情を浮かべていた。

侍らせるその数は、およそ十数匹。

おっとりした魔物だけでなく、真面目な性格をしたオルトロスでさえ、子犬のように目を輝かせて彼女に腹を撫でてもらっている。

「かぴー」

そんなシャーロットに、食べ物に異様な執着を見せるはずの地獄カピバラが、粛々とリンゴを差し出した。

たった一匹の魚を巡って、相手が親兄弟だろうと血みどろの死闘を演じてみせると言われている、あの地獄カピバラが……だ。

まるで百獣の王をもてなす儀式である。

『わー！　あの人なんだかやさしそー！』

『ぼくもぼくも！　なでなでしてー！』

アレンが買収したはずのボーパルバニーたちも、勝手にそちらへ向かう始末。

おかげで他の客たちがざわめいた。

「あのおねーちゃんすごーい！　人気者だ！」

「さては名のある魔物使いだな……」

「やべー。カメラ持ってくりゃよかった」

アレンはひとり、呆然とするしかなかった。

じーっとその光景を見つめて、顎を撫でる。

「まさか、あいつ……」

それから小一時間後。

「ほんとに、すっごく……楽しかったです！」

「うむ、よかったな」

ふれあいコーナーすぐそばのベンチで、ふたりは並んで休んでいた。

全身で『もふもふ』を堪能したおかげか、シャーロットの肌ツヤはとてもいい。いつもより笑顔も眩《まぶ》しいし、ずいぶん満足してくれたらしい。

そんな彼女に、ふれあいコーナーの魔物たちが柵の向こうからわいわい吠える。

「きゅいきゅいー」

「わんわん！　わんわんわん！」

「かぴー……」

「ふふふ、みなさんともすっかり仲良くなれました」

「お、おう。そのようだな……？」

シャーロットは微笑ましそうに魔物たちへ手を振る。まあたしかに、一見するとほのぼのとした光景ではある。

だが、魔物言語がわかるアレンは真顔になるばかりだった。

彼らの鳴き声を翻訳すると、だいたい以下のようになる。

『おねーさーんー！　あそんであそんでー！　もっともっとなでなでしてよー！』

『おいこらそこの人間！　俺らの姐さんに指一本でも触れてみろ！　いろんな急所を噛みちぎってやるからな！』

『我が地獄カピバラ道は、貴殿に仕えることと見つけたり……』

だいぶ行き過ぎたファンコールだ。

いくら人慣れした魔物たちだといっても、これは少々異常と言わざるを得なかった。

アレンはそれを見つめながら、シャーロットに問いかける。

「なあ、少し聞きたいんだが」

「は、はい。なんでしょう？」

「これまで魔物に好かれたことはあるか？」

「へ」

シャーロットは目を丸くする。

「好かれるもなにも、こんなに近くで魔物さんと会うのも初めてですよ？」

「なるほどな。これまで機会がなかったか……もしくは抑圧された環境のせいで力がうまく振るえなかったか」

「なんのお話ですか？」

「まあ、簡単な講義といこうか」

昔取った杵柄《きねづか》だ。

アレンは肩をすくめつつ、語りはじめる。

「この世にはさまざまな魔法や特殊技能が存在する。中には生まれ持っての才能が必要となるものもあってな……」

ありとあらゆるものを断ち切る剣の才。

普遍的な材料から未知の物質を生み出す錬金術の才。

かく言うアレンも魔法の才能を有しており、高等技術である呪文の詠唱省略を当然のように使いこなせる。

そして、シャーロットは――。

「おまえは……ひょっとしたら魔物使いの才能があるのかもしれない」

「ま、魔物使い……？」

その名の通り、魔物と心を通わせて使役する力を持った者のことだ。

シャーロットはなんの訓練も積んでいないのに、あれだけの魔物を魅了してしまった。可能性は十分にあるだろう。

そう説明すると、シャーロットはぽかんとしたまま己の手のひらを見下ろしてみせる。

「そんな力が、私に……本当ですか？」

「ああ。しかも相当素質が高そうだ」

アレンでは下級の魔物と意思の疎通を図るのがやっとだが、才能に溢れた魔物使いはフェンリルなどの高位の魔物を意のままに操り、服従させることも可能である。

（……ひょっとして街のゴロツキどもがシャーロットを慕うのも、そうした理由か……？）

魔物だけでなく人間にも効くとなると前例がほとんどない。

だが、もしもその凄まじい力が実家の公爵家で発揮されていれば……彼女の人生はもう少し穏やかなものになったかもしれない。

少し複雑な思いを抱いて、シャーロットをじっと見つめていると。

「あ、あの……！」

「む？」

そこで声がかかった。

見れば園の女性飼育員がふたりのそばに駆け寄ってくる。

服は泥だらけだし、顔色もどこか青い。尋常でない様子が一目で見て取れた。

彼女は息を切らせて、途切れ途切れに言葉をつむぐ。

「さ、先ほど、ふれあいコーナーで、ハーレムを築いていらした方々ですよね。ひょっとして、名のある魔法使いの方々ですか……？」

「たしかに俺は多少魔法の心得があるが……なにかあったのか？」

そのただならぬ様子に、アレンは眉を寄せる。

すると彼女はがっとアレンの手を取って、叫ぶのだ。

「どうかお力をお貸しください……！　私たちでは救えないんです……！」

「はあ……？」

そうしてふたりは有無を言わせず、園内の建物へと連れられた。

関係者以外立ち入り禁止の札も無視して、飼育員はずんずん奥へと進んでいく。

その背を追いかけていると……やがて広い部屋に着いた。

「魔法使いのお客様をお連れしました！」

「おお、でかしたぞ！」

飼育員が声を張り上げ、あちこちから歓声が沸いた。

そこは、どうやら研究所のような場所であるらしい。薬の調合道具や干し草などが並び、アレンたちを連れてきた女性と同じような格好の飼育員たちが大勢いる。

そんななか、白衣をまとった初老の男性がおずおずとアレンに近付いてくる。

「見たところまだ若いじゃないか。本当に……む？」

そこで眉を寄せ、じっとアレンの顔を凝視する。

「ひょっとして……クロフォード家のご子息ですかな？」

「……まあ、そのとおりだが。どこかでお目にかかったかな」

「アテナ魔法学院の公開講義で一度お見かけしましたからな。なるほど。クロフォード家の方が来てくれたのなら心強い！」

男性はクマの浮いた顔をほころばせ、握手を求めてきた。

「私はこの魔道動物園の園長です。どうか力をお貸しいただけないでしょうか」

「かまわないが……いったい何が起きたんだ？」

「……見ていただいた方が早いでしょうな」

園長は硬い面持ちで、アレンたちを研究所の奥へ誘う。

ごちゃごちゃと並ぶ人や物の間をすり抜けた先に――巨大な檻が鎮座していた。

「なっ……！」

そして、アレンは言葉を失った。

檻の中にいたのは、大きな狼だ。

白銀の毛並みは艶やかで、真紅の瞳が意志の強さを感じさせる。

魔物の中でも超稀少種……フェンリルだ。

成体ともなれば家ほどの大きさになるものの、この個体は人間とそう変わらない。おまけに毛皮は赤黒い汚れにまみれていて、低い唸《うな》り声にも力がなかった。

シャーロットは息を呑み、震えた声で問う。

「怪我、してるんですか……？」

「ええ……親とはぐれた上に、密猟者にやられたようでして」

園長は沈痛な面持ちでかぶりを振る。

フェンリルは絶滅危惧種であり、よほどのことがない限り捕獲は認められない。傷つけただけでも待ったなしの禁固刑だ。

だがその毛皮や骨などは良質な魔法道具の材料となるため、密漁が後を絶たない。

魔道動物園では、そうした希少な魔物を保護したり、繁殖を試み、野生に戻す取り組みをしていることが多いのだ。

「うちはフェンリルを保護したのはこれが初めてで、スタッフの誰も意思の疎通ができなくて……

おかげで怪我の治療もできないんですよ」

「それはたしかに問題だな……」

アレンは眉を寄せ、ゆっくりと檻に近付く。

先ほどボーパルバニーたちに語りかけたように、魔物言語を使ってみるのだが。

『おい、話を聞いてくれ。俺たちは敵じゃ――』

「がぅっっ‼」

フェンリルはまるで聞く耳を持たなかった。

敵意に溢れた眼差しを向けて、アレンを睨《ね》めつけ吠え猛《たけ》る。

基本的に、高位の魔物は人間の言葉にはほとんど耳を貸さない。

向こうからしてみれば人間などスライムのごとき存在だ。まともに話し合いをしようと思えば、高レベルの魔物使いを連れてくるか、じっくり時間をかけて信頼関係を築くしかない。

今のままでは回復魔法を使える距離まで近付くことも難しいだろう。

そのうえ下手に刺激しては、傷が開く可能性もある。

「ちっ……やはり無理か」

アレンは無力感に舌打ちしつつ、ゆっくりと後ずさるほかない。

そんな様子を見て、園長はため息をこぼす。

「保護してからずっとこの調子で、餌も食べてくれないんです。私たちに慣れるのを待つにしても、体力が持つかどうか……」

「ふむ、魔物使いはいないのか？」

「さすがにフェンリルとなると、うちのスタッフもレベルが足りませんで……ほかの園に連絡を取ってもみたのですが――」

園長とアレンがあれこれと話し合う中。

シャーロットは胸の前で指を組み、遠くから檻をじっと見つめていた。

「フェンリルさん……」

そんな姿を見れば、なおさら助けたいという気持ちが湧いた。

これも何かの縁だ。アレンは園長に向き直り、口を開くのだが……。

「まあ、できる限りの協力は――」

「大変です！」

そこでけたたましい足音が轟《とどろ》いた。

息を切らした飼育員が飛び込んできて、大声で叫ぶ。

「母親と思われるフェンリルが……この園に向かってきています！」

「なにっ……⁉」

おかげで一気に場が騒然とした。

園長も真っ青な顔で、報告をあげた飼育員に詰め寄っていく。

「そんなバカな！　この子を保護したときに臭いは消したし、気配断絶魔法も使ったはずだぞ⁉　どうしてここがバレたんだ⁉」

「相手の魔力が、かなり上だったとしか……」

「たしかに百年以上もこの地に住まう個体だが……想定以上だったというわけか」

苦々しい顔でうつむく園長並びにスタッフたち。

フェンリルが有名なのは、なにもその希少性の高さだけでなく、純粋な強さによるものが大きい。

齢《よわい》百以上の個体ともなれば、街ひとつ滅ぼすことすら造作もないだろう。

それがこの動物園に迫っているという。明らかにまずい事態だ。

アレンも背中に嫌な汗が流れるのを感じながら唸るしかない。

「向こうからしてみれば、動物園は子供をさらった犯人だものなあ……」おとなしく返す、のはまずいか」

「まだ治療が済んでおりませんし、外に出すのは危険です。おまけに傷付いた子供を見て、親がどう思うか……」

「火に油を注ぐだけか……」

アレンは大きくため息をこぼす。

そうなると……やるべきことはひとつだけだ。軽く肩を回して告げる。

「仕方ない。俺がひとまず母親を食い止める」

「そんな……いくらクロフォード家のご子息でも無茶ですよ!?」

「なに、荒事は得意なんだ。任せておいてくれ。とはいえ万が一に備えて、客の避難を頼む」

「くっ……すみません、わかりました……」

「よし、それじゃあシャーロットも客たちと一緒に――」

「アレンさん！」

逃げろ、と続けかけたセリフが半ばで遮られる。

シャーロットはまっすぐにアレンを見つめていた。

その目に宿るのは、これまで見たこともないほど強い意志の光だ。

「さっきおっしゃいましたよね。私には魔物使いの才能があるかもしれないって」

「はあ、たしかに言った……が」

そこでアレンは眉をひそめてしまう。

たったそれだけで、シャーロットが何を言いたいかを理解したからだ。ゆっくりと首を横に振る。

「……それはやめておけ。危険すぎる」

「でも、何もせずにいるなんて……我慢できません」

シャーロットは断固として譲らなかった。

深く頭を下げて、震えた声で懇願する。

「お願いします。危ないと思ったらすぐに逃げますから。あの子と話をさせてください！」

「シャーロット……」

「お嬢さんは、いったい……？」

園長は小首をかしげるのだが、アレンたちを連れてきた飼育員は明るい声を上げる。

「お客様ならできるかもしれません！　ふれあいコーナーで、なんの魔法も使わずに魔物たちを手なずけていましたから！」

「だが、あそこの魔物はおとなしい部類だろ……」

「いくらなんでもフェンリルは……」

ほとんどの者は懐疑的だ。

だがしかし、アレンはわずかに口角を持ち上げて笑う。

（ふっ……本当に、変わってきたな）

以前までなら、アレンがダメだと言ったらすぐに折れていただろう。

それなのに、シャーロットは頭を上げる気配がない。

出会った当初は人形のようだった少女が、誰かのために戦おうとしている。

その変化が、アレンの闘志をさらに燃やした。

にやりと笑って、シャーロットの肩を叩く。

「ならば任せた。あの子供を説得して、治療を受けさせてやってくれ」

「は、はい！」

シャーロットは顔を上げ、ぐっと拳を握ってみせた。

「園長どの、どうかこいつにフェンリルの子供と対話させてやってくれないか。魔物使いの素質が高いみたいなんだ」

「……クロフォード家のご推薦とあらば。どちらにせよ私どもにできる手は、もうありませんからな……」

「よし、話はまとまったな」

これまでにも、シャーロットとふたりで何かをすることはあった。

だがこれはふたりの初となる……共同戦線だ。

「さて、行くぞ。狼との話し合いだ！」

「はい！」


こうしてアレンはシャーロットを残し、動物園の裏手に出た。

こちらの地方に来たときに車窓から見たような平原が、どこまでも続いている。

まだ夕暮れには遠く、青空には雲ひとつない。

そしてその地平と空の境目に、かすかな砂埃が舞っていた。

届くのはかすかな地鳴りといくつもの唸り声。その一団はまっすぐこちらを目指し、平原を猛スピードで駆けていて——。

「うーむ……そういえば群れで暮らす魔物だったな」

一目見れば幸運を授かると言われているフェンリル。

それが集団でやってくるのだ。きっとアレンの運気の上昇は凄まじいものになるだろう。ちょっとは現実逃避しておかないとやっていられない。

「まあ仕方ない。今のうちにバリアを張っておくか」

魔力を編み上げ、動物園全体を覆うドーム状の障壁を作る。

これでひとまず中の人間たちは安全だろう。

「よし。あとは……っ！」

突然、アレンの背後で風が疾《はし》った。

咄嗟《とっさ》に振り返った先――鋭い牙が並んでいた。

「ガルァァアアア‼」

地獄の門と見まがうほどに巨大な顎門《あぎと》が、ひと息でアレンに喰らい付く。

頭から丸呑みにして、胴のあたりに牙を突き立て、でたらめに振り回す。普通ならまず間違いなく即死だ。

だが、食いつかれたままのアレンは左手をゆっくり動かして――。

「《痺電《パラライズ》》！」

「ッ……⁉」

ばぢぃっ！

まばゆい紫電が放たれて、それに驚いたフェンリルがアレンを吐き出した。

アレンはそのまま草むらを転がり、顔のよだれを拭って自嘲気味に嗤《わら》う。

その体には、淡い光が宿っていた。

「はっ、防御魔法が間に合ったか。陽動とは恐れ入る」

「グルルルル……」

アレンに食い付いた個体。

それはまさに見上げんばかりの巨体を誇っていた。

体高はおおよそ十メートル。

右の目には深い傷が刻まれており、体を覆う毛皮はまばゆいばかりの黄金色だ。

それが殺気にまみれた隻眼《せきがん》でもってして、アレンをしかと睨めつけていた。これがおそらく百年以上生きているという個体で、あの子供の母親なのだろう。

ひとまずアレンは魔物言語で語りかけてみるのだが……。

『話を聞いてくれ！　俺たちは貴殿の――』

「ガァアアア‼」

「ちっ……やはりダメか……！」

あの子供と同じだ。相手は話し合いの土俵にすら立ってくれそうもない。

「だったら……実力行使しかないな！」

「「「ギャウッ⁉」」」

アレンの背後で青い光が爆《は》ぜ、いくつもの悲鳴が轟いた。

やがて光が収まったあと、そこには氷漬けとなったフェンリルたちの姿があった。

その数およそ十匹。どれもこれも、動物園で保護された個体とそう大きさは変わらず、兄弟なのだろうと推測できる。

事前に仕掛けておいた氷のトラップだ。

「さあ、残るはおまえ一匹だ！」

「グルァァアアアア！」

かくしてその宣言が開戦の合図となった。

シャーロットがフェンリルの子供を説得し、治療を終えるまで時間を稼ぐ。

だが……それは思った以上に難度の高いミッションだった。

「《爆業火《エクスプロ》……ああいや、《火玉《ファイアーボール》》！」

「ガアッ！」

フェンリルをしのぐほどの巨大な火の玉を出しかけて、慌ててバスケットボールサイズのものに作り替えてぶん投げる。

だがしかしその程度の火力では相手の毛皮をわずかに焦がすこともできなかった。

こちらは手加減するしかないのだが、向こうは当然おかまいなしだ。体当たりや鋭い爪による撫で斬り、牙による噛み砕き、そうした攻撃をアレンは紙一重でかわしていく。

（くそっ……！　これ以上威力の高い魔法は放てないし……！）

フェンリルを傷付けることはなるべくしたくなかった。

「《氷結縛《アイスバインド》》」

「ッ！」

だがしかし、動きを止めるタイプの魔法は一切効かなかった。

氷の拘束が完成する前に力尽くで脱出される。

どう攻めるべきか、と考えあぐねていたところで――。

「ガアアアアアッ‼」

「げっ」

フェンリルの気合の声とともに、その長い体毛が針のように射出された。

雨あられと降り注ぐ毛のせいで、あたり一帯に色濃い砂塵が舞う。

そしてそれがぶわりと大きく揺れて……また目の前には、ずらりと並んだ鋭い牙。

「おーっと……」

防御魔法がかかったままなので死にはしないが。

またよだれまみれかあ……なんて、アレンが諦めたそのときだ。

「きゅう！」

「ガウッッ……⁉」

「は……？」

アレンの前に影が飛び出し、フェンリルがぴたりと止まった。

おかげでアレンは目を丸くするしかない。

人ほどの大きさの真っ白な毛玉。それは紛れもなく――。

「ボーパルバニー……？」

「きゅうー」

ふれあいコーナーのウサギ型魔物が、なぜかそこにいた。
フェンリルも突然の闖入者《ちんにゅうしゃ》に戸惑っているようだった。
殺気をひとまず収め、ボーパルバニーをじっと凝視している。
そんななか、アレンはハッとして魔物言語で叫んだ。
『こ、こら！　早く逃げろ！』
『なんでー？』
ボーパルバニーはこてんと首をかしげてみせる。
その仕草自体はとてもコミカルで和やかだ。
だがしかし、今は状況があまりに逼迫《ひっぱく》している。
それなのにボーパルバニーは動こうとせず、きゅうきゅう気楽に鳴くばかり。
『せっかくみんなで来たんだもんー。もうちょっとお外にいさせてよー』
『……みんな？』
その不可解な単語に首をひねった、そのときだ。
ズドン‼
「うおっ⁉」
凄まじい地響きとともに、幾多もの影が平原に舞い降りる。
一万年という長寿を誇る万古竜《エンシェントドラゴン》。
劫火をその身にまとったフェニックス。

鷹の羽と獅子の体を持つキマイラ。

さらには動物園の裏門が開き、羽を持たない魔物たちがぞろぞろと現れ出でる。

おそらく動物園で飼育、もしくは保護されていた魔物たちだろう。しかも彼らは統率がきちんと取れていて、脱走というよりパレードのような光景だ。

アレンはただ唖然としてそれを見守ることしかできなかったのだが……。

「あっ、アレンさーん！」

「シャーロット⁉」

地獄カピバラの背に乗って、シャーロットがこちらにやってくる。

他の魔物たちはゆっくりと通り道を開け、そばでおとなしく控える始末。

アレンは慌てて彼女のところまで駆け寄った。

「な、なんなんだこれは⁉　フェンリルの子供はどうしたんだ⁉」

「もちろん……大丈夫ですよ！」

シャーロットがにっこり笑ったその瞬間。

大きな影がアレンたちの頭上を飛び越えた。

軽やかに地面に降り立つのは……あの、保護されていた銀のフェンリルだ。毛皮は薄汚れているものの、その佇まいには生命力が感じられる。

子供のフェンリルは、母親に向き合い懸命に吠える。

「ぐるる、るぅ！」

「ガゥ……？」

すると親は目を細め、我が子の声に真剣に聞き入った。

殺気はなりを潜め、かわりにその表情がかすかに和らぐ。

どうやら経緯を説明しているらしい。

シャーロットはほっとしたように胸を撫で下ろす。

「アレンさんが出て行ってから、頑張ってあの子に話しかけてみたんです。そしたらわかってくれて……ちゃんと治療もできたんですよ！」

「ほ、本当にやったのか……」

アレンはため息をこぼすばかり。

しかし、それならそれで分からないことが残る。

周りに整然と並ぶ魔物たちを見て低い声で問う。

「で、これはなんだ……？」

「あの、フェンリルさんとアレンさんの元に行こうとしたら……みなさん、心配だからついて行くっておっしゃってくれて……それで……来ちゃいました」

「まさか……魔物言語がわかるのか!?」

「は、はい。なんとなくですけど……わかるようになりました！」

シャーロットはこともなげに言ってみせた。

アレンは初歩の魔物言語を習得するのに半年ほどかかったものだが……。

（これはきちんと訓練すれば……俺と渡り合うほどの魔物使いに育つのでは？）

最強の大魔王の隣に並び立つ、最強の魔物使い。

なかなか向かうところ敵なしのタッグになりそうだ。

そんな予感を覚えた、そのときだ。

「ガルゥ……」

「うわっ」

低い唸り声がすぐ後ろで響き、おもわず肩が跳ねてしまう。

振り返ってみれば、そこにはフェンリルの母親が立っている。

アレンを見下ろし、次に顎で示すのは氷漬けになった子供たちである。

シャーロットがこそこそと耳打ちする。

「もう襲わないから放してほしい、って言ってるみたいです」

「あ、ああ。承知した」

ぱちんと指を鳴らせば、氷が一気に溶けて兄弟たちが自由の身となる。

体をぶるぶる振って水滴を落とす兄弟たちを見て、フェンリルの母親は安心したようだ。そのまま踵を返して去ろうとするのだが――。

「あっ、あの、待ってください！　フェンリルさんのお母さん！」

「……」

シャーロットがその背に声をかけた。

ゆっくりと振り返るフェンリルの母親。

シャーロットは銀のフェンリルを指し示してから、彼女に頭を下げてみせる。

「あと一日、その子をここに置いてあげてください。怪我はほとんど治ったんですけど、まだ検査が必要みたいで……どうかお願いします」

「……」

フェンリルはその隻眼で、じっとシャーロットを見つめる。

緊迫感の漂う中、アレンは身構えるのだが……心配したような展開にはならなかった。

「ガルゥ……」

「ひゃっ」

フェンリルはその大きな舌でシャーロットの顔を舐めてみせた。

怪我をした子供もシャーロットに寄り添い、甘えるように体をこすりつける。檻の中で唸っていたのと同一個体と思えないほどの変わりようだ。

色々ツッコミどころがあるものの……。

「ま……一件落着か」

「かぴー」

シャーロットを運んできた地獄カピバラが『見事な働きであったぞ、若いの』と激励してみせた。

「かぴぴかぴー」

「は？　『頭に奇天烈《きてれつ》なものが生えているわりに、な』だと？　いったいなんの……あっ」

頭に手をやって、ハッと気付く。

シャーロット同様……自分もあの猫耳をつけたままでいることに。


満月が高く輝く夜。

闇に紛れて、ユノハ地方の山中をさまよう一団がいた。

どれもこれもが武装しており、物々しい空気を漂わせている。

ひときわ体格のいいリーダー格らしき男が、じろりと森の奥を睨む。

「ほんとにこっちの方角だったんだろうな？」

「へ、へい。間違いありやせん。帰っていくのを見ましたから」

「それにしても、まさかあのガキが動物園に保護されていたとは災難ですよね……」

「まったくだ。やっと一匹追い詰めたっていうのによ」

リーダー格はため息をこぼしてから、ニヤリと笑う。

「だが、ほかにも子供がいるなら幸運だ。一網打尽にしてやろうじゃねえか」

「はい！　毒もいろいろ持ってきましたし、親だって怖くねーですぜ！」

「ガキ一匹でも金貨百枚ですもんね。いやあ、上手い話があったもんですよ！」

「終わったらとりあえず娼館でパーっとやろうぜ！」

暗い森の中に、下劣な笑い声が響き渡る。

誰がどう見ても密猟者の集団だ。そういうわけで……処遇は決まった。

「《氷結縛《アイスバインド》》」

「あがっ⁉」

突然足元の地面が凍りつき、男たちの悲鳴が山中に響く。

膝あたりまでを飲み込んだ氷を砕こうとするが、剣を突き立てても傷ひとつつかない。

騒ぐ彼らの前に、アレンはふらりと姿を現す。

「ふむ、本当にのこのことやってきたな。悪人の思考は読みやすくて助かる」

「な、なんだ！　てめえは……！」

「名乗るほどの者ではない。今回はただの付き添いだ」

「付き添い……って⁉」

男たちの顔が蒼白に染まる。

ずしん、ずしんと地響きを立てて……木立の間からフェノリルの母親が顔を出したからだ。もちろん他の子供たちも一緒である。

彼女らは密猟者集団を睨めつけて、低い声で唸る。

「ガルル……！」

「ひいいいいっっっ⁉」

それだけで自分たちに待ち受ける運命を察したらしい。

男たちはガタガタ震えながら命乞いを始める。

「ど、どうかなにとぞ……！　命ばかりはお助けを！」

「何を言う。もちろん殺しはしない。役人に突き出すだけだ」

「へっ、そ、そうなのか……？」

男たちの顔からあからさまに恐怖が消える。

アレンの言葉は本当だ。フェンリルたちもシャーロットの説得のおかげで、密猟者を見つけても命までは奪わないことを約束してくれた。

ただし……もちろん報復はする。

「まあまあ、その前に……《防御強化《ディフェンス・アップ》》」

「へ」

アレンが指をぱちんと鳴らせば、男たちの体がかすかに光る。

防御力を高める魔法だ。

とはいえ少しばかり効果を落とした。ビンタくらいなら痛くも痒くもないが、全力でぶん殴られるとちょっとは痛い。そんな絶妙なさじ加減である。

アレンはフェンリル一家に、爽やかな笑顔を向ける。

「さー、これでいくらやっても死なないぞ。好きなだけ鬱憤を晴らしてくれたまえ」

「ガルルルァアアアア‼」

「ぎぃいいいやあああああ⁉」

かくして密猟者たちはおやつの骨よろしく、一晩中フェンリル一家にガジガジされた。

次の日の朝。

「今回は……まことにありがとうございました！」

ホテルの玄関で、人魚のコンシェルジュが頭を下げてみせる。

アレンたちが帰るということで、わざわざ見送りに来てくれたのだ。彼女はにこにこと続ける。

「聞きましたよ、お客様！　あのフェンリルを救ってくださったとか！」

「ふっ。まあな」

アレンは薄く笑い、シャーロットの肩をぽんっと叩く。

「ちなみにその功労者はこいつだ」

「まあ、そうだったんですか！」

「えええっ⁉」

すっとんきょうな声を上げるシャーロットだった。

目を丸くしながら、おずおずと口を開く。

「フェンリルさんの怪我を治したのは動物園のみなさんですし、悪い人たちはアレンさんが捕まえてくださったんですよね？　私はお話をしただけですし、たいしたことは……」

「だが、おまえがいなければこうも丸くは収まらなかった」

フェンリルの子供は治療を拒み続け、親の怒りは止まらなかった。

そうなれば、きっとアレンは動物園を守るため、フェンリルの親を傷付けてしまっていただろう。

「だから、これはおまえの手柄だ。胸を張るといい」

「私、の……」

シャーロットはぽかんとしたまま、じっと己の手を見つめる。

そんな彼女に、人魚は向き直って再び頭を下げてみせた。

「ありがとうございます、お客様。これでまたあの子たちの元気な姿が見られます！」

「……はい！」

シャーロットは明るい笑顔で応えてみせた。

二泊三日の温泉旅行は楽しくもあり……シャーロットにとって、得るものの多いイベントとなったようだ。

帰ったら、ミアハや街の人々に礼を言わねばならない。

旅行プランには多少思うところがあったものの……アレンもおおむね満足だった。

「さて、それでは帰るか」

「馬車の用意はできておりますよー。どうぞこちらです」

「どうもお世話に……あれ？」

「む、どうした」

シャーロットがふと、明後日の方向に顔を向ける。

なんとはなしにアレンもそちらに目を向けて――。

「うおっ！」

その瞬間、大きな影が地面に降り立った。

ずしんと重い音を響かせるのは、あのフェンリルの母親だ。

他の子供たちも続々とやってきて、一気にホテル前が騒がしくなる。

「きゃああああ！　フェンリルです！　しかも大勢！　こんなに近くで見られるなんて……二百年生きてきて初めてです！」

人魚は大興奮ではしゃぎはじめるが、ほかの客たちは驚いて逃げ惑ったり歓声を上げたりとさまざまな反応だ。

アレンはフェンリルの母親を見上げて首をかしげる。

「ひょっとして挨拶に来てくれたのか？」

「ガウッ」

彼女は上機嫌そうに軽く鳴いてみせた。

その足元からひょっこり顔を出すのは……あの銀色の体毛を持った子供だった。血の汚れはきれいに落とされ、足取りも軽い。

どうやら動物園まで迎えに行った帰りらしい。

シャーロットがその姿を見てぱっと顔を輝かせる。

「わあ！　昨日のフェンリルさん！」

「わふっ！」

「もうすっかり元気になったんですねえ。よかったです」

シャーロットに撫でられて、フェンリルの子供はうれしそうに目を細める。

平和な光景にアレンも柄にもなくほのぼのとした気持ちになるのだが……フェンリルが続けてわんわん鳴いてみせると、シャーロットが目を丸くする。

「えっ……えええ!?　本当ですか……!?」

「どうした？」

シャーロットはフェンリルの頭を撫でながら、おずおずと告げる。

「こ、この子、たぶん……私たちについて行きたいって、言っています」

「なに!?」

アレンもさすがに驚くのだが、どうやらそれで正解だったらしい。母親もほかの兄弟たちも平然としている。それはまるで家族の見送りに出てきたような空気で……。

「おいおい、いいのか？　大事な子供だろうに」

「ガルルッ」

フェンリルの母親の鳴き声は、アレンにもなんとなく理解できた。

可愛い子には旅をさせるもの、と言いたいのだろう。

シャーロットは不安げに眉を寄せてみせる。

「で、でも……ご家族と離れて、寂しくないんですか？」

「たぶんご心配には及びませんよ」

それに応えるのは人魚のコンシェルジュだ。

「お客様のご自宅ってグロル地方でしたっけ？　フェンリルの足なら、ここまで小一時間で帰ってこれちゃいますよ。ちょっとしたホームステイみたいなものですね」

「なるほどなあ」

それならアレンも安心だ。

少し身をかがめ、銀のフェンリルの目をのぞき込む。

昨日は敵意しか感じられなかったそこに……今日は穏やかな光が満ちている。

「よし、ならば俺の家に来るといい。シャーロットと仲良くしてやってくれ」

「わんっ！」

「い、いいんですか？　私だけじゃなく、この子までお世話になることになりますけど……」

「かまうものか」

屋敷は広いし、街から遠く離れている。

多少大きな家族が増えても誰かに迷惑をかけることはない。周囲に自然が多いので散歩もできるし、アレンには魔物の飼育経験がある。つまり何ら問題がないのである。

そう説明して、ついでにアレンはニヤリと笑う。

「それに、家族が増えるのはいいことだろ」

「か、家族……私も、ですか？」

「何を言うか。当たり前だろう」

きょとんとするシャーロットに、アレンは首をかしげてしまう。

夫婦だのカップルだのと言われてまごついたものの……これだけは胸を張って言える。

「おまえはもう、俺の大切な家族だ」

「…………」

「む。どうした、急に黙り込んで。なにかおかしなことを言っただろうか？」

「なっ、なんでも、ないです……」

「ガルゥ……」

シャーロットは真っ赤になって黙り込み、なぜかフェンリルの母親が半目を向けてくる始末。子供はアレン同様、首をかしげるばかりだった。

そんななか、人魚は何かを察したらしい。

まばゆいばかりの営業スマイルで、爽やかに言ってのける。

「それじゃあ……本当の新婚旅行の際には、ぜひとも我がホテルをお使いくださいね♪」

エピローグ　夜はもう、怖くない

朝が来た。

鳥のかすかな声を聞き、シャーロットは跳ね起きる。

「っ……あれ」

寝台から身を起こし、あたりを見回す。

そこは狭い小部屋だった。木箱などが雑多に積み重なり、ひどく埃っぽい。窓は天井近くにたったひとつだけ。鉄格子のかかったその向こうには、青い空が広がっている。

シャーロットはぼんやりとその窓を見上げる。

かぶっていた薄い毛布は穴だらけ。

シャーロットが身にまとうのも、ボロ一歩手前の寝間着である。

ここはエヴァンズ公爵家本邸の――離れの物置だ。

これがシャーロットに与えられた世界のすべてだった。

いつもの朝。

なにも変わらない日常。

それなのに……。

「なにか……」

なにか、不思議な夢を見ていた気がする。

ここではないどこかに行って、誰かと一緒に何かをした。それ以外は何も覚えていない。

ただ、どこかあたたかな……奇妙な感覚だけが胸の奥に残っていた。

シャーロットは自分の胸に手を当てて、夢を思い出そうとする。だが一向に記憶は蘇らず、胸にちくちくとした痛みが生じるだけだった。

やがて鐘の音が鳴って……。

「っ、いけない……！」

シャーロットはハッとして身支度を始める。

今日も一分一秒たりとも無駄にはできない。

寝間着とほとんど変わらない粗末な服に着替えて、慌てて離れを飛び出した。


シャーロットの母は、エヴァンズ家のメイドの一人だった。

当時、当主には本妻がいた。

しかし彼女は病気がちでほとんど床に伏せたままで、もちろん子供も望めなかった。

そんななか、当主がメイドのひとりに手を出した。古今東西よくある話。

話に少し変化が加わるのは、そのメイドが懐妊に気付き、当主に何も言わずに行方をくらませたことだろう。

彼女はニールズ王国の王都から離れた田舎町で、シャーロットを産み落とす。

そうして女手ひとつで育て上げた。母と子、決して裕福とは言えない暮らしではあったものの、静かで穏やかな日々だった。

それはシャーロットが七つになるまで続いた。

母が流行病《はやりやまい》で亡くなった次の日、公爵家の使いの者がシャーロットの元にやってきたのだ。


「お、おはようございます」

『……』

裏口から本邸に入るなり、シャーロットは深々と頭を下げる。

そこは厨房になっており、幾人もの調理人たちやメイドが忙しなく働いていた。

しかし誰もシャーロットに目もくれない。

もちろん挨拶が返ってくることもなかった。

みな顔に黒いもやがかかっていて、表情がまったく読めない。

それでもシャーロットはうつむいたまま、素早く厨房の隅――小さなテーブルに着く。

そこにはシャーロットの分の朝食がいつも通りに用意されていた。

今日のメニューはパンにローストビーフ、コンソメのスープ。一見すると豪華なものだが、当主たちの昨夜の残り物だ。

パンはすっかり硬くなっていて、付け合わせの野菜もしなびている。スープも生ぬるい。

「……いただきます」

それらの食事を、シャーロットは手早く食べはじめる。

くすくす、ふふふ……。

あちこちから蔑むような笑い声と視線が飛んでくる。味などわかるはずもない。

顔を上げてしまわないようにテーブルの木目を数えながら、シャーロットはただひたすら作業のように食事を続けた。

そして、食事を取ったあとは掃除の時間だ。

『本日はこちらをお願いしますとのことです、お嬢様』

「は、はい」

顔にもやがかかったメイドが、バケツと雑巾を手渡してくる。

シャーロットはそれを受け取って階段の手すりや窓を拭いていった。

これが朝の日課だ。

おかげで年中シャーロットの手は荒れて、真っ赤になっている。冬など血が出るほど酷くなるため、家具を汚さないように注意を払うのが大変だった。

日によって任される場所は違う。だが、変わらないことはいくつもあった。

「きゃっ……！」

『あら。ごめんなさい、お嬢様』

必死に額縁を拭いていると、後ろからメイドがぶつかった。

彼女も顔にもやがかかっている。形ばかりの謝罪を残して、もうひとりのメイドと去って行った。

『わざとらしー。きゃっ、だって』

『ほんっと、ご主人様の血を引いてるとは思えないくらいトロい子よね』

シャーロットに聞こえるように笑い合い、彼女らは廊下の奥へと消えた。

それを見送ってから……シャーロットは再び額縁を磨いていく。特に埃は溜まっていないが、言われたからには掃除しなければならない。

そこで、控えめな声がかかった。

『ね、ねえさま……』

「あっ」

はっと振り返ると、そこには幼い少女が立っていた。

艶やかな金髪に真紅の瞳。

人形のように整った容姿に上質な服を身にまとっているものの、その顔は硬くこわばっていた。

彼女の顔には、わずかなもやもやもかかってはいない。

シャーロットは掃除の手を止め、少女に深く頭を下げる。

「おはようございます。ナタリア様」

『……おはようございます』

ナタリア・エヴァンズ。

エヴァンズ家次女にして、シャーロットにとっては腹違いの妹だ。

齢は七つ。シャーロットが十歳のときに生まれた。

彼女は当主と本妻の間にできた、正当なエヴァンズ家の血を引く者だ。

そのため使用人たちみなに愛され、大切にされている。

シャーロットも、昔はもっと普通に接して妹をかわいがっていたのだが……義母に咎《とが》められるようになったため、使用人たちのように敬語で接するようになっていた。

だがナタリアは変わらない。いや、変わらず姉妹であろうとしてくれていた。

祈るように指を組んで、シャーロットを見上げてみせる。

『ねえさま、きょうはお時間ありますか？　ご本をよんでほしいです』

「今日は……」

シャーロットは言葉を詰まらせる。

ナタリアの願いを叶えてやりたい。だがしかし、それはとうてい無理な話だった。

胸が張り裂けそうな思いで、ゆるゆると首を横に振るしかない。

「ごめんなさい……また今度、お誘いくださいね」

『……わかりました』

ナタリアはうつむくようにしてうなずいた。だがしかし、すぐに顔を上げる。

ずいっと差し出すのは小さな小瓶だ。

『これ。ねえさまの指、いたそうだったから。おくすりです。つかってください』

「あ、ありがとう……ございます」

その小瓶を、シャーロットはおずおずと受け取った。

妹はたまにこうやってシャーロットにこっそり色々なものを与えてくれる。果物だったり、文房具だったり。物そのものよりもナタリアなりの気遣いがうれしくて、シャーロットはいつも鼻の奥がつんとした。

しばし姉妹は黙り込む。

その静寂を破ったのは、泣きそうな顔をしたナタリアだ。

『あのね、ねえさま。わたし、すぐに大きくなって、ねえさまを――』

『ナタリア』

『っ……!?』

ナタリアの顔がハッとこわばる。

いつの間にか、シャーロットの背後に気配があった。

振り返らずとも誰かはわかる。

足がすくんだ。頭がじんと痺れるようだった。

それでもシャーロットはぐっと喉を鳴らしてから、ゆっくりと振り返って頭を下げる。

「……おはようございます、コーデリア様」

『ええ』

固い声でうなずくのは、上等な漆黒のドレスをまとった女だった。

現エヴァンズ家当主第一夫人。コーデリア・エヴァンズ。

前妻が病によって亡くなったため、後妻として迎えられた女性だ。

ナタリアの生みの親にして、シャーロットの義母であるものの……まだ二十五という若さである。暗い紫の髪をロールして、身体中に宝石を飾っている。

そして……全身に黒いもやをまとっていた。

ただ燃えるような紅を引いた唇だけが、もやのわずかな隙間から覗いている。

『おかあ、さま』

ぽつりと名を呼ぶナタリアに、コーデリアは一瞥《いちべつ》をくれるだけだった。

実の子に対する態度とは思えない。だが、これが彼女の常だった。

コーデリアはシャーロットに無機質な声で告げる。

『先生が見えましたよ、早く行きなさい』

「は、はい」

シャーロットは慌ててバケツを片付けはじめる。

朝は掃除をして、それから家庭教師がやってきて授業が始まる。王子の花嫁となるべく必要な教養……文学、音楽、刺繍に乗馬など。さまざまなことを徹底的に叩き込まれる。

シャーロットは学ぶことが嫌いではない。

なにかに集中しているといろいろなことを忘れられるし、以前はできなかったことができるようになると、達成感を覚える。

だが……ひとつ、大きな問題があった。

黒いもやが、ゆっくりと口角を持ち上げて――笑う。

『今日は私も見ていてあげましょう』

「っ……！」

シャーロットは大きく息を呑んだ。顔が青ざめていくのが自分でもわかる。

ナタリアまでもが泣きそうなほどに顔を歪めた。

だがコーデリアは姉妹の変化を意にも介さずに続ける。

『先生に失礼のないようにするのですよ、シャーロット』

「は、い……」

シャーロットはなんとかその一言を絞り出すのがやっとだった。


そして、ようやく夜が来た。

虫すら鳴かない静寂に、かすかな嗚咽《おえつ》が溶け消える。

「ひっ、う、う……う……」

真っ暗な部屋の中で、シャーロットは声を殺して泣いていた。

ここは離れの自室ではない。本邸の地下にある食料庫だ。当然ながら窓もなく、空気は冷えて尖っている。空間に満ちる闇は、自分の指先すら見ないほど濃厚だ。

コーデリアは時折、シャーロットの学習に付き添った。

表向きは娘を見守る優しい母。

だがしかし、実態はそんなものではない。

コーデリアはシャーロットが間違えたとき、問題に答えられなかったとき、失敗したとき、罰を与えた。

『どうしてこんなこともできないのよ！』

『エヴァンズ家の恥晒しめ……！』

『なぜ、おまえなんかが……！　おまえさえいなければ、この私が……！』

それはまるで嵐のようだった。

家庭教師たちも顔を青ざめさせるだけで、誰も止めようとはしなかった。

シャーロットは声を殺し、必死に耐えることしかできなかった。

コーデリアは、昔はそれなりにシャーロットに親切だった。

気に入っていないのは明白だったが、体面を気にして偽りの親子を続けようとしていた。それがナタリアが生まれ、何年かして……ある日突然、変わってしまった。

シャーロットを目の敵にして、憎しみをぶつけてくる。

その理由はまるでよくわからなかった。

実の父である当主は一切興味がないようだった。いくらコーデリアがシャーロットを虐げても、目もくれない。そもそも家にいないことの方が多かった。

おまけに今日は折の悪いことに、打たれて倒れた際にナタリアからもらった薬を落としてしまった。

家のものを盗んだのだと決めつけられても、シャーロットは何も言わなかった。

妹に累が及ぶことを避けたかったからだ。

コーデリアは実子であるナタリアに関心がなく、暴力を振るうようなことは一度もなかった。だが、それでも彼女がシャーロットに味方したとわかれば、矛先が向くことは簡単に想像できてしまった。

かくしてシャーロットは罰を受け入れて、この暗闇に閉じ込められた。

ここにいるのは嫌だ。だが泣いて叫んでも、誰も助けてくれないことはわかっていた。むしろさらに罰が酷くなる可能性もあって……シャーロットにできることは、耐えることだけだ。

「う、う、ううう……」

怖い。怖い。怖い。

暗いのは嫌だ。痛いのは嫌だ。寂しいのはもっと嫌だ。

だけど、ふと……気付いてしまう。

(ここなら……少なくとも、痛くない)

ここにあるのは闇だけだ。

シャーロットを嗤《わら》う者も、傷付ける者も、誰もいない。妹に会えないのは少し辛いが……それでも、外よりずっと楽に呼吸ができるはず。

そう気付いた途端、周囲の闇が蠢《うごめ》いた。

それらは明確な形を成し、シャーロットにまとわりつく。

肉がついていない荒れた手。それは自分の哀れな手そのものだった。

何十本ものそれが、シャーロットの体を搦《から》めとる。

やがて闇と体の境界が混ざり合い、シャーロットはゆっくりとまぶたを閉ざす。

このまま闇に呑まれてしまえば。

なにも考えず、苦しまず、ただゆっくりと眠れ――。

「じめじめじめじめ、健康に悪いわぁ‼」

「っ……⁉」

ドゴォオオオン‼

突然、冗談のような轟音《ごうおん》が闇を裂いた。

びくっとしてシャーロットは目を開ける。

はたしてそこには光が満ちていた。まるで壁をぶち破ったかのように穴が開いていて、その向こうには闇とは対照的に真っ白な世界が見える。そしてそこに……ローブをまとった青年が立っていた。

黒と白の髪。この世の終わりのようなしかめっ面。

見覚えのない青年だった。

「あ、あなたは……？」

「はあ？　ああ、う一ん。そうだな……」

青年は少し考え込んでから、さっぱりと告げる。

「俺は大魔王だ。おまえをさらいに来た」

「へ……？」

「ほら、グズグズしてないでこっちに来い。こんな場所、一分一秒でも早く出るべきだ」

大魔王と名乗った青年は、ためらいなく右手を伸ばす。

その顔には黒いもやは一片たりともかかっていなかった。彼のいる場所は明るく、あたたかで、こんな闇の中とは比べ物にならない。

だが、それでも……シャーロットは首を横に振った。

「ダメ、です……」

「はあ？」

「外は……外は怖いです。でも、ここは、なんにもないから……」

そうしてシャーロットはこうべを垂れる。

依然として体には闇がまとわりついたまま、彼女を捕らえて離さない。シャーロットが生きていけるのはここだけだと訴えかける。

そのはずなのに――。

「大丈夫」

「……え」

青年が闇の中に踏み出して、シャーロットの前に膝をつく。

優しい笑みを浮かべて彼は言う。

「俺はおまえの手を離さない。どんなものからも守り抜くと誓う。だから……行こう」

そしてもう一度、彼は右手を差し伸べる。

シャーロットは息を呑んだ。おずおずと右手を持ち上げて……彼の手にそっと触れる。

瞬間、風船が割れるようにして闇が弾け、光が世界のすべてを塗り替えた。


目覚めると、そこは真新しい寝台の上だった。

「……あ」

シャーロットはゆっくりと身を起こす。

重いまぶたをこすりながら、あたりをきょろきょろと見回した。

ベッドにクローゼット。文机に椅子、そしてまだあまり埋まっていない本棚。

簡素ながらに居心地のいい空間だ。同じベッドの上には、先日ひょんなことから仲良くなった
フェンリルの子供・ルゥがすやすやと眠っている。

ここはエヴァンズ家……ではない。

アレンの屋敷の、シャーロットの部屋だ。

窓の外に広がっているのは深い夜空。

まだまだ朝の気配は遠い。獣の声も聞こえず、外はひっそりと静まり返っている。

シャーロットはぼんやりと独りごつ。

「……なにか、夢を見ていたような」

夢の内容はほとんど覚えていなかった。

ただ怖くてたまらなかった思いだけが、しこりのように胸に残っている。

たぶん、エヴァンズ家にいた頃の夢を見たのだろう。

この屋敷に住むようになって初めて見た悪夢だった。最初のうちは泥のように眠り、夢さえ見なかったものだが、この生活にも慣れてきた証拠なのかもしれない。

だけど……それならもっと楽しい夢が見たかった。

「でも、ちょっと……いい夢だったかも」

怖いばかりの夢ではなかった。最後、なにかあたたかなものに触れた感覚だけは残っていた。

ひょっとすると、懐かしい妹に会えたのかもしれない。

シャーロットはベッド側のチェストに手を伸ばす。

一段目を開けば……そこには一冊の絵本が入っていた。

先日、街にひとりで買い物に出たときに見つけたものだ。

内容は子供たちが魔道動物園に行って、楽しく遊ぶという素朴なもの。かつてシャーロットが子供時代に読んだのと同じ一冊である。

いつかナタリアに再会できたら読んであげたいと思って購入した。

シャーロットはその表紙をそっと撫でる。

「夢では、読めてあげたかな……」

それすら覚えていないのは、少しもったいなかった。

だが……もう一度眠る気にはならなかった。

またあの夢を見るかもしれないから。

今度はただ、怖いだけの夢になるかもしれないから。

シャーロットはぶるりと身を震わせる。

そうして音を立てないようにして、そっと寝台を降りた。

水でも飲んで、朝までじっとしていよう。

そう決めてリビングに向かったのだが……ドアの隙間から光が漏れていて目を丸くしてしまう。

ゆっくりとドアを開けば、いつものソファーにアレンが座っていた。

シャーロットに気付き、彼は軽く片手を上げる。

「おお、なんだ。目が覚めたのか？」

「は、はい」

シャーロットはおずおずと彼に近付く。

ローテーブルの上には分厚い本や紙の束などが乱雑に積み上げられていた。どうやら書き物をしていて遅くなったらしい。

「アレンさんは……お仕事ですか？」

「なに、ちょっと頼まれごとがあってな」

アレンは肩をすくめてみせる。

「ほら、先日出くわしたメーガスというのがいただろう」

「は、はい。街にいらっしゃる冒険者さんたちですよね」

アレンやエルーカたちと街へ行って、小さな騒ぎに巻き込まれたのは今から半月ほど前のことになる。

そのとき出会ったのが、アレンの元教え子だという岩人族だった。

「あいつが修行をやり直したいと言い出してな。専用の鍛錬メニューを考えてやっているんだ」

「そうだったんですか……」

シャーロットにとって、岩人族は大きくて怖い存在でしかなかった。

それなのに、アレンは彼をあっさり改心させてしまったばかりか、しっかりその後の面倒を見るという。

おもわずシャーロットは相好を崩す。

「やっぱりアレンさんはお優しいですね」

「いや、死ぬギリギリ一歩手前の鍛錬メニューを人に課すのが趣味なだけだ」

「はあ……」

「岩人族は丈夫だからな。腕が鳴るぞー」

アレンは嬉々として分厚い紙の束をぱらぱらめくる。マグマとか標高三千メートルとか耐久百時間とか、物騒な単語がちらっと見えた気がした。

最初は冗談かどうかよくわからなかった彼の発言だが、最近ではシャーロットも少しは読み解けるようになっていた。

今のは九割くらい本気だろう。

残り一割は、彼も気付いていない優しさだ。

（変な人だけど……アレンさんはそれ以上に、お優しい人ですよ）

そんなことを言っても、アレンは照れてまともに取り合ってくれないだろう。

だからシャーロットはくすりと笑って、彼にたずねる。

「眠れないんです。一緒にいても……いいですか？」

「……もちろん」

アレンは小さくうなずいて、シャーロットのために場所を空けてくれようとする。

しかしそこでふと気付いたように顔を上げた。

「ああ、そうだ。いい機会だし、今夜はあれをやっておこう」

「あれ？」

「それはもちろん……」

アレンは人差し指を立てて、いたずらっぽく笑う。

「夜しかできないイケナイことだ」

そうして待つこと十分後。

「おーい、もう出てきていいぞ」

「は、はい」

呼び声に応えて、シャーロットは屋敷の裏口を開ける。

そこに広がっているのは広い庭だ。アレンが薬草を育てる畑や井戸などがある。

そして今、その一角に……灯りが満ちていた。

「わあ……！」

リビングのソファーが持ち出され、その周囲にはランタンがいくつも並べられている。

すぐそばには焚き火が起こしてあって、鍋で何かを煮ていた。

まるでキャンプだ。

アレンが鍋の液体をマグカップによそって、手渡してくれる。

「そら。熱いから気をつけろ」

「これって……ココアですか？」

ランタンの優しい光に照らされて、薄茶色の液体が湯気を立てている。

おまけに大きなマシュマロが三つも浮かんでいた。

アレンはにやりと不敵に笑う。

「そのとおり。そいつを飲みながら天体観測と洒落込もう」

「す、素敵です！」

シャーロットはぱあっと顔を輝かせた。

まるで夢みたいな光景だ。アレンに促されるままにソファーにかければ、満天の星々が見渡せた。このあたりは街からも遠いため、星の明かりを阻むものはなにもない。

煌《きら》めく夜空に見惚れていると、アレンが隣に座る。

彼はごそごそと香炉のようなものを用意しはじめた。

「アロマですか？」

「単なる虫除けだ。あと、こいつも被っておけ」

「はぶっ」

不意に虚空から毛布が落ちてくる。

シャーロットは言われた通りにその毛布にくるまった。

春とはいえ、夜風にはまだ冬の寒さが残っている。

毛布をかぶればそれだけでぬくぬくとあたたかい。

香炉から立ち上る煙は甘い香りをまとっていて、気分が晴れていくようだった。

頭上には満天の星々。

地上にはあたたかな空間。

どこを見ても、幸せばかりが満ちている。

「どうだ、気に入ってもらえたかな」

「は、はい！　なんだかワクワクします！」

「そうか、それはよかった」

アレンはココアをすすり……ふと、自嘲気味な笑みを浮かべてみせる。

「まあ、天体観測と言っても……俺は星なんぞよくわからんがな」

「ええええっ！　アレンさん、なんでもご存知なのに⁉」

「星の配置がマナに与える影響ならよーく知っている。だが、星座や神話となるとちんぷんかんぷんだ」

ストイックな彼らしいといえば彼らしい。

だからシャーロットは夜空を彩る星々を指差してみせる。

「えっと、あの黄色く光っているのが、蜘蛛座の目の部分です。その右下には地獄カピバラ座がありますね」

「俺には単なる点の集合体にしか見えんが……」

目をすがめて夜空を凝視するアレン。

平常時でも人相が悪い方だが、そうしていると大魔王という名に恥じない貫禄が生まれた。

シャーロットはくすくすと笑う。

「おうちでは色んな勉強をしてきましたから。星座もそれで覚えたんです」

「……そうか」

そこでアレンの顔がかすかに曇った。

どこか不機嫌そうなその表情に、シャーロットは首をかしげるが……それからアレンが星座をいろいろ聞いてきたので、疑問はあやふやになった。

シャーロットが星を説明し、それにまつわる神話を語る。

それにアレンが相槌を打ちつつも、魔法と天体の関係をシャーロットにもわかるようにざっくりと説明してくれた。

なんということのない会話の数々が、夜の帳《とばり》に積み重なる。

やがて時間が経って——シャーロットはあくびをしてしまう。

「……眠くなってきたか？」

アレンがカップを置き、優しく笑う。

「そろそろ寝るか。部屋まで送ろう」

「……いいえ」

それに、シャーロットは首をゆっくりと横に振った。

「今日は……眠りたくないんです」

怖い夢を見たこと。

また眠るとあの夢を見そうで怖いこと。

シャーロットはぽつぽつと告白する。それをアレンはじっと聞いてくれていた。

（……呆れられたら、どうしよう）

夢が怖いなんて、まるで子供だ。

それにふと気付いてしまい、シャーロットは深くうつむく。

だが、しかし――。

「大丈夫」

「えっ」

不意に、アレンがシャーロットの手をそっと握った。

かすかな緊張が手のひらから伝わる。

ぽかんと目を丸くするシャーロットの顔をのぞき込み、アレンはまっすぐに告げる。

「言ったろう。俺はおまえの手を離さない。どんなものからも守り抜く、と」

そうして彼はニヤリと笑う。

「悪夢に囚われようと、俺が必ず助けに行く。だから何も心配するな」

「アレンさん……」

熱烈極まりない言葉の数々にくらくらする。

だがしかし……シャーロットは小首をかしげるのだ。

「……そんなこと、言ってもらったことありましたっけ？」

「ああ。しっかり言ったぞ。忘れているだけだろう」

「それは……ちょっともったいないですね」

シャーロットはふわりと笑う。

彼が嘘をつくはずはない。だからきっと今の言葉もどこかでもらっていて……ちゃんと守ってくれるつもりなのだろう。

シャーロットの体をあたたかな感覚が包み込む。

眠気が一気に襲ってきた。目をこするシャーロットにアレンは問う。

「もしも自分の夢が怖いなら、俺の夢に来るか？」

「アレンさんの夢に……？」

「ああ。人の夢に入り込む魔法があるんだ。使ってやる」

「そ、そんな魔法があるんですか。魔法ってすごいんですね」

「うーん……あるというか、急ごしらえで作ったというか」

アレンはごにょごにょと言葉を濁し「それはともかく」と話を変える。

「どんな夢が見たい？　リクエストを聞かせてくれ」

「それじゃ……」

どんな夢でも、アレンと一緒なら楽しそうだ。

だが、シャーロットは……あえて希望を告げる。

「夢でも一緒に、お星様を見たいです」

「ああ、お安い御用だ」

ふたりは笑い、ともにソファーから立ち上がった。


少し前まで、世界のほとんどが怖かった。

でも今は……夜さえもう、怖くない。

番外編

番外編　イケナイ海の楽しみ方

その日、アレンとシャーロットは家でぐったりとしていた。

「あっ……つ……」

「あついですぅ……」

ふたりともタオルを首にかけて、力なくソファーに沈んでいる。

拭っても拭っても汗が止まらず、着ている服もぐっしょりと濡れていた。

この地方は今の時期、比較的穏やかな気候が続く。だがしかし、ここ数日は異常気象の影響で季節外れの猛暑日が続いていた。

窓から差し込む日差しは暴力的だ。

ゴミ溜めでも平気で暮らせるアレンだが、この暑さはさすがに耐えがたかった。

大きくため息をこぼして汗を拭う。

「ええい、忌々しい気温だな……やはり少し早いが冷房魔法具を出すか……」

「そんなものがあるんですか……魔法って便利ですねぇ」

「便利は便利なんだが、蔵の奥にしまい込んだから探すのに少々骨が折れそうだ……」

「わ、私もお手伝いしますね……」

シャーロットはそう申し出てくれるが、あきらかに元気がない。

汗でブラウスが張り付いて、肌色が透けている。頬は赤く火照っていて、ぐったりとソファーに体を預ける姿がいかにも扇情的だ。

おかげでアレンはさっと目をそらす羽目になった。

早めに冷房を出さなければ、いろいろとマズい。

「うん。申し出はありがたいが……蔵には危険なブツも多いんだ。俺ひとりで探す。おまえはちゃんと水を飲んで休んでおくといい」

「すみません……それじゃ、お言葉に甘えますね……」

シャーロットはテーブルのグラスに手を伸ばす。

ぬるくなった水を嚥下《えんげ》するのに、細い喉が小さく震える。そこに汗の雫が伝うのを、おもわずまじまじ見てしまってから……アレンは我に返って腰を上げた。

（ダメだ……暑さのせいで頭が動かんな……）

迅速に冷房を出そう。

そう決意して、炎天下へと足を向けようとするのだが――。

「がうっ！」

「お、ルゥか。おかえり」

そこで玄関の方からルゥがやってきた。

昨日から里帰りに出ていたが、今し方戻ってきたようだ。シャーロットも彼女を笑顔で出迎える。

「ルゥちゃん、お帰りなさい。どうですか、お母さんたちとゆっくりできましたか？」

「わんわん、わふっ！」

シャーロットに頭を撫でてもらって、ルゥは元気よく返事をする。

馬車で半日の距離を往復したというのに、まるで堪《こた》えていないようだった。おまけにこの暑さにも参っている様子がない。

こんなに毛だらけなのになあ……と、アレンは不思議な思いでその後頭部を見つめ、ふと気付く。

「おい、ルゥ。その荷物はどうしたんだ？」

「わふー」

「あれ……？　なんでしょうね」

ルゥの首には布包みが括《くく》りつけられており、長い毛に埋もれていた。

シャーロットがそれを取って開くと、中には一通の手紙と、また布包みが入っている。手紙には封蝋がなされており、そこに押された印は『ユノハ・リゾーツ』というものだった。

「これって、このまま泊まったお宿ですよね……？」

「だな……どれどれ」

アレンは手紙を受け取り、中の便せんに目を通す。

それはあのとき世話になった、人魚のコンシェルジュによって書かれたものだった。

あれからフェンリルたちはいつもの丘に姿を見せるようになり、観光客が増えたこと。

フェンリルを守るため、地域の者たちで自警団を結成したこと。

そうした数々のお礼と報告が、丁寧な文字で書き連ねられていた。

マメだなあ……なんて感心しながら読み進めていると、手紙はこんな一文で締めくくられる。

『つきましては、おふたりにプレゼントがございます♪』

これで暑さを乗り切ってくださいませ、という文言にアレンは首をひねるしかない。

「プレゼント……？」

「わっ！」

首をかしげた折、シャーロットが声を上げる。

手紙と一緒に同封されていた布包みを持ち上げようとして、中身がこぼれ落ちたらしい。床に散乱するそれを見て、アレンは目を丸くする。

「それはまさか……」

「水着、ですね……？」


「がうっ？」

あの温泉で着たはずの、ふたりの水着だった。


猛暑日続きで水着を入手したとなれば、やることはひとつだけである。

次の日、ふたりは再びユノハ地方を訪れていた。

見渡す限りに広がる青い海に、白い砂浜。

空も雲ひとつない快晴で、海と空の境界もあいまいだ。

「わあ……！」

そんな絶景を前にして、シャーロットは目を丸くする。身にまとうのはビキニとパレオがセットになったあの水着だ。長い髪を潮風に遊ばれながら、そのまましばらく海を眺めていた。

しかしふとした拍子にハッとして、背後のアレンたちを振り返る。

「アレンさん、見てください！　海です！　海ですよ⁉」

「ああうん。海だな」

「がうー」

海パン姿のアレンは軽い相槌を打つだけだ。ルゥも首をかしげている。

昨日、水着が届いてすぐ突発的に海に行くことを決めた。暑さでアレンもかなり頭が回らなくなっていたのだ。

（だが、まさかここまで喜んでもらえるとはな……）

まだ着いたばかりだというのに、シャーロットのテンションは最高潮だ。

アレンはその隣に並んで笑いかける。

「ひょっとして、海に来るのは初めてか？」

「は、はい……こんなに近くに来るのは初めてですね」

ぎこちなく頷いて、シャーロットはそっと波打ち際に足を運ぶ。

サンダルを履いた素足に波がぱしゃっとかかり「ひゃっ」と小さな悲鳴をあげた。

「ほんとに波が寄せては帰っていくんですね。不思議です」

「はは、また今度仕組みについて話そうか」

潮位と天体の関係など、つらつら授業を行うのも悪くはない。

だが、今日は海を楽しむのが最優先だ。

アレンはぐるりとあたりを見回す。

この暑さに耐えかねたのか、海遊びに来ている者たちが大勢いた。屋台も豊富に立ち並んでいるし、かなりの賑わいだ。満喫するのに不足はないだろう。

「よし。それじゃあ今日は海の楽しみ方をいろいろと教えてやろう」

「は、はい！　よろしくお願いします！」

ぐっと拳を握って意気込むシャーロットだった。何事も全力なのはいいことだ。

そんな彼女の手を取って、アレンはゆっくり海へ入っていった。ひとまずは、腰が浸かるくらいの深さまで。

海は澄み切っていて底までよく見渡せる。

ふたりのそばを泳いでいく魚の鱗が、太陽の光を浴びてキラキラと輝いた。

シャーロットが顔を輝かせて歓声をあげる。

「す、すごいです！　お魚さんがいます！」

「まあそりゃ、海だしな」

「あっ、あっちにはワカメが生えています！　ゆらゆらしてます！」

「うんうん」

目に付く何もかもが新鮮らしい。そのすべてを嬉しそうに報告してくれる。アレンは目を細めてそれを聞いていたのだが……シャーロットはハッとして、バツが悪そうに縮こまってしまう。

「あっ、す、すみません……ひとりではしゃいじゃって……」

「何を言うか。おまえのために来たんだから、存分に楽しむといい」

「……うるさくないですか？」

「むしろいつまでも聞いていたい」

「そ、そうですか……」

アレンが正直な感想を述べると、シャーロットはすこしだけ目を丸くしてから薄くはにかんでみせる。

「それじゃ、いっぱい楽しませて——きゃっ⁉」

「わぶっ⁉」

そこで突然、大きな波がふたりを襲った。

水に飛び込んだ犯人は、大きな魚をくわえて得意げな顔を出す。

「わふっ！」

「ルゥ……おまえなあ」

「ふふ。ルゥちゃんも海を満喫ですね」

シャーロットはくすくすと笑う。

長い髪がしっとりと濡れて肌に貼り付き、体のラインを際立たせる。また視線が吸い寄せられそうになって……アレンは無理やりその欲求を押さえ込んだ。

「よし！　やられたらやり返すのが俺の流儀だ！　くらえ、ルゥ！」

「がうっ……!?」

ばしゃあっ、とルゥめがけて水をぶっかける。

その反撃はどうやら予想外だったらしい。驚いて魚を逃してしまったルゥの目が怪しくキラリと光る。アレンに向けるのは真っ向からの敵意だ。

「がうわう！」

「わはは！　俺に勝とうなど百年早いわ！」

「あわわっ、け、喧嘩はダメ――きゃうっ!?」

シャーロットを巻き込みつつ、三人の水遊びが幕を開けた。


そんなこんなで半刻ばかり海辺で楽しんだあと。

「よし。この辺でいいだろう」

砂浜にパラソルを設置して、アレンは手の砂を払う。

できた日陰にはシートを敷き、タオルをかぶったシャーロットがちょこんと座っている。海に浸かりすぎたせいか、その唇はすこしだけ青白い。

「ちょっと遊びすぎたな。ここで休んでいるといい」

「は、はい。でも……すっごく楽しかったです！」

「それは何よりだ」

にこやかに告げるシャーロットに、アレンはついつい頬が緩む。

やっぱり来てよかった。酷暑万歳。

あれだけ憎たらしかった暑さも、こうなってくると至上の贈り物に思えてくるのだから不思議なものだ。

気を良くしたまま、アレンは屋台の立ち並ぶ方を指差す。

人で賑わうその一角からは、香ばしい匂いや、甘い香りが漂っていた。

「少し待っていてくれ。飲み物なんかを買ってくる。ルゥ、シャーロットを任せたぞ。不審な奴が近付いてきたら食っていいからな」

「わんわふ」

「た、食べちゃダメですからね！」

心得たとばかりにうなずくルゥだった。

あたりには浮ついた若者たちが多く、ナンパが盛んに行われているものの……まさかフェンリルを連れた少女を口説くバカはいないだろう。

かくしてアレンは軽い足取りで屋台へ向かった。

炭火で何かを焼く店や、氷菓子を売る店などなど、多種多様なラインナップが出迎えてくれる。

それらを冷やかしながら、あれこれ見ていくと――。

「あれっ、クロフォード様!?」

「む」

聞き覚えのある声に、おもわず振り返る。

するとやたら大きな屋台で、手を振る人影が見えた。

髪にサンゴの飾りをつけた人魚の女性……間違いなく、あのホテルのコンシェルジュだ。今日はスーツではなく、屋台の店員らしいエプロン姿である。

「なぜここに……」

「なぜって、わたくしどものホテルも出店しておりますから」

たしかに屋台には『ユノハ・リゾーツ出張店』という看板がかかっていた。

人魚は目を輝かせてアレンに笑いかける。

「早速あの水着をお使いいただけたんですね。シャーロット様やフェンリルちゃんもご一緒ですか？」

「ああ。わざわざ送ってもらって礼を言う」

「それはこちらの台詞です。クロフォード様のおかげで、当ホテルの収益はうなぎのぼりですから♪」

そう断言する笑顔は、やたらと晴れやかだ。

実際、彼女の屋台も大盛況のようだった。

飛ぶように商品が売れていて、何人もの店員が忙しそうに動き回っている。

「クロフォード様に教えていただいた魔法をアレンジして、炎天下でもぬるくならない飲み物を販売しているんです。他のお店にも伝授したおかげで、ここ一帯の集客率が大幅アップ中なんですよ！」

「そ、それはよかったな」

商魂逞しいなあ……とアレンは感心するばかりだった。

だがしかし飲み物の取り揃えも豊富だし、美味しそうな匂いもする。評判の店ならハズレはないだろう。

「ちょうどいい。俺にも何か買わせてくれ」

「お代なんかけっこうですって、お客様には特別サービスですよ」

「ふむ、それはありがたいが……いったい何を売ってるんだ？」

アレンは首をひねりつつ屋台の中をのぞき込む。

店員たちが必死になって作っているのは、湯気を立てる丸い食べ物だった。鉄板に生地を流し込み、謎の具材をぽいぽい入れて串で形を整える。鮮やかな手さばきに舌を巻くが、見たこともない料理だ。

そんな疑問に、人魚は胸を張って答える。

「もちろん、タコ焼きです！」

「…………タコ？」

「ええ。生地にタコの切り身を入れて、まーるく焼き上げるお料理なんです」

あっさり告げる人魚をよそに、アレンは凍りつくしかない。

タコとはあれだろう。海に住まう、うねうねぐねぐねした謎の生き物。

そのビジュアルが脳裏をよぎり、おもわず顔をしかめてしまう。

「あれを食うとか……正気か？」

「ふっふっふー、クロフォード様は遅れておりますねえ。B級グルメとして巷で大人気なんですから！」

東の国ではけっこうメジャーなんですよ、なんて付け加える人魚だ。

現にさきほどから『タコ焼き』なる料理は出来上がる端から売れていく。

「最近この海では巨大タコが出没中でして。船が沈められたりと被害が出る一方なんですが……どうせなら名物にしてしまおうと思いまして！」

「転んでもただでは起きないな……しかしタコか」

売れ行きからして、人気なのは間違いなさそうだが……。

やはりどうしてもあのビジュアルが脳裏をよぎってしまう。

「うーむ……また今度の機会に頼む。今回は飲み物だけもらおうか」

「むう、美味しいのに。でも了解いたしましたわ」

人魚は手早くジュースや、ルゥが飲めるようなミルクを用意してくれる。

飲み物の種類もいろいろ取り揃えているらしく、さすがの心配りだ。

「はい、お待たせしました。この後もしばらく遊ばれていくおつもりですか？」

「そのつもりなんだが、シャーロットが疲れてしまったようでな」

もともと、シャーロットはそれほど体力がある方ではない。あまりはしゃぎすぎると体調を崩してしまうだろう。

そう説明すると、人魚はにんまりと笑みを深めてみせた。

「でしたら……とっておきの物がございますよ♪」

「ほう……？」


その『とっておきの物』で、アレンたちは大海原へと漕ぎ出した。

穏やかな波に揺られながら、シャーロットはにこにこと笑う。

「ふわあ……こんな小さなお船があるんですねえ。初めて知りました」

「簡単な作りだから、遠出はできないがな」

「がるー」

三人が乗っているのは、小さなゴムボートだ。

ホテルの屋台は食べ物だけでなく、海遊びの品々も取り扱っていたらしい。そのうちのひとつを言い値で買って、こうしてシャーロットを誘って沖まで出てきたのだ。

波は穏やかで、まるで揺りかごの中にいるようだった。

海面をのぞき込み、シャーロットがうっとりしたような吐息をこぼす。

「いろんなお魚さんがいますねえ。綺麗です」

「こっちは沖だからな。当然種類も増えるんだ」

赤青黄色、様々な色の魚たちがゆったりと泳ぐ姿を見せてくれる。

ルゥも興味を惹かれたように海底を眺めるが、襲いかかるような真似はしなかった。

ふたりが見惚れているうちに、アレンはゴムボートに簡易な屋根を取り付ける。あっという間にちょうどいい日陰の完成だ。

薄手のブランケットを取り出して、アレンはニヤリと笑う。

「さて、景色を堪能したら、ここでのんびり昼寝をしよう」

「あ、海でしかできないイケナイことですね！」

「その通り。おまえも分かってきたじゃないか」

昼寝なら屋敷で何度も実践しているが、海の上は初めてだ。

三人はボートにごろりと横になった。シャーロットを真ん中にして、アレンとルゥが左右に陣取る。少々手狭なせいで肌が触れそうになるが……ブランケットをかぶることでことなきを得た。

そんなアレンの苦悩にも気付くことなく、シャーロットはくすくすと笑う。

「海って、泳いだり釣りをしたりのイメージでしたけど……こんな楽しみ方もあるんですね」

「これだけじゃないぞ。岩場で生き物を観察したり、砂浜で貝殻を拾ったり」

「素敵です！　アレンさんにもそんなご趣味があるんですか？」

「ああ。昔はよくやったものだ」

軽く目を瞑れば、懐かしい思い出が脳裏に蘇る。

実家の裏手にもちょうどこんな海が広がっていて、よくひとりで探索に繰り出したものである。

目的など決まっている。

「たまーに珍しい動物や貝殻が見つかってな、叔父上が買い取ってくれたんだ。魔法学校に勤める前は貴重な資金源だったな」

「……アレンさんらしいですね！」

精一杯のフォローを投げるシャーロットだった。

とりとめもない話はなおも続く。

最近のできごとを振り返ってみたり、日用品の不足はないかと確認したり。

特にシャーロットは、アレンの子供時代の話を聞きたがった。

とりたてて愉快な日々を過ごした自覚はないものの、せがまれるままにアレンは語り……ふと気になって、シャーロットにも聞き返す。

「おまえはどんな子供時代だったんだ？」

「うーん……お母さんと暮らしていたころは近くに同じ年頃の子もいませんでしたし、ひとりで遊ぶことが多かったですね」

「ふむ、本を読んだり？」

「そうですねえ。お母さんには同じ絵本を何回も読んでもらいました」

亡き母との思い出を、シャーロットはゆったりと語る。

公爵家の話をするときは声が硬くなりがちだが……母親と暮らしていた思い出は、穏やかな記憶として彼女の中に刻まれているのだろう。

（……いつか、墓参りにも連れて行ってやらないとな）

アレン自身も挨拶がしたかった。

何と自己紹介するべきなのかは、その時になってから考えよう。

そんな決意を固めているうちに、ルゥはすっかり寝入ったらしい。すぴすぴ寝息を立てる彼女の頭をそっと撫でて、シャーロットはぼんやりとした口調で続ける。

「あの頃も楽しかったですけど……アレンさんと一緒にいる今も、とっても楽しいです」

「……そう言ってもらえると、俺も嬉しいな」

アレンはしみじみとその言葉を噛みしめる。

彼女と出会ってから、一ヶ月とすこし。あのときはその場の勢いで幸せにすると誓ったものの……こんなに屈託なく笑えるようになるとは予想以上だった。

シャーロットはごろんと寝返りを打って、アレンと向き合う。

すこし恥ずかしそうにはにかむその顔が近くて、アレンの心臓は大きく跳ねた。

「アレンさんは色んなことをご存知ですから。毎日驚きの連続ですよ」

「ま、まあ、おまえより多少長く生きているからな……」

「私が今のアレンさんと同じ年になったときに、同じくらい物知りになっていますかね……？」

「もちろんだとも。下手をすると俺より聡明になっているだろうさ」

「ふふ、そうだったら……いいなあ」

シャーロットの声はふわふわしていて、もうほとんど夢の世界に片足を突っ込んでしまっているようだった。

アレンはそんな彼女に、ブランケットをかけ直してやる。

その手に、そっとシャーロットが己の手を重ねてみせた。

「ねえ……アレンさん」

「うん？　なんだ」

「もし、もしもご迷惑でないのなら……」

シャーロットはぼんやりとアレンの手に触れたまま、こう問いかけた。

上目遣いで、おずおずと。

「これからも私に、イケナイことをたくさん教えてくださいますか……？」

「…………」

アレンは言葉を失って固まってしまう。

こんなの、自分たちにとっては日常的な会話のひとつだ。

それなのに水着を着ているというただそれだけで、倒錯的な意味を感じざるを得なかった。

フリーズしたアレンを前にして、シャーロットはしゅんっと肩を落としてしまう。

「あっ……すみません。お世話になっている立場なのに、はしたないお願いをしてしまって……

やっぱりダメですよね」

「いやいやいや、そんなことはない！」

思わず早口でまくし立ててしまうアレンだった。

そっとシャーロットの手を握り返して、まっすぐ宣言する。

「これからも俺がこの世の楽しみすべてを教えてやる。だから、その……」

ずっとそばにいてくれ。

なんて口走りそうになったが、すんでのところでそれを堪《こら》えた。

「だから……期待していてくれ」

「……はい」

シャーロットはしばしぽかんとしていたが、やがてふんわりと微笑んでみせた。そのまま小さく欠伸《あくび》する。

ごしごしと目をこするシャーロットに、アレンは苦笑するのだが――。

「ほら、無理せずに……」

「……アレンさん？」

不意に黙り込んだアレンに、シャーロットは小首をかしげる。

「どうか……しましたか？」

「いや、何でもないさ」

そんな彼女の頭を撫でてアレンは笑う。

そのついで、わずかに腰を浮かせてあたりをざっと目視したことに、シャーロットは気付きもしなかったことだろう。

「おやすみ、シャーロット。いい夢を」

「はい……おやすみなさい、アレンさん」

シャーロットがまぶたを閉ざした、その瞬間。

グルゥアアアアアア‼

この世のものとも思えないおぞましい咆哮が響き渡り、大津波があたり一帯に襲いかかった。

アレンたちの乗ったゴムボートも巻き込まれ、あえなく沈没……しなかった。

「まったく、急に仕掛けてくるとはせっかちだな」

アレンは肩をすくめるばかりだ。

ゴムボートのまわりには球形の障壁が張り巡らされている。防水はもちろんのこと防音も完璧だし、揺れも最小限で済んだ。

おかげでシャーロットはすやすや眠ったままである。

「がうぅ……」

「おお、ルゥ。おまえもやる気だな？」

起き上がったルゥの頭をぽんぽんして、アレンは改めてあたりを見回す。

いつの間にか、空は今にも泣き出しそうな曇天へと変わっていた。

夜闇のごとき海から顔を出すのは、巨大なタコである。赤黒い触手をうねらせて、しかとボートを睨《ね》めつけている。海面を揺らしながら現れたそれらの数は、十を下らないだろう。

そういえば『最近このあたりでは巨大タコが出没している』なんて人魚が言っていた。

アレンたちのボートはその巣に迷い込んでしまったのだろう。

「はっ……いい度胸だな、軟体動物風情が」

絶体絶命ともいうべき状況下で、アレンは酷薄に笑う。

手加減するつもりは毛頭ない。完膚なきまでに叩き潰さねばならない理由がそこにあった。

「シャーロットの昼寝を阻もうなどとは言語道断！　海の藻屑に消えるがいい！」

「がうっ！」

かくしてふたりと巨大タコたちによる壮絶な死闘が幕を開けた。

その、二時間後――。

「ふわあ……」

ボートの中でシャーロットがもぞもぞと起き上がった。

そんな彼女に、アレンはにこやかに声をかける。

「おはよう。よく眠れたようだな」

「はい、すっごく気持ちよく……きゃあっ⁉」

そこでシャーロットが悲鳴をあげた。

どうやら周囲の様子に気付いたらしい。ボートは浜辺に打ち上げられており、その真正面の浅瀬に積み上がるのは……巨大なタコたちだ。

「ど、どうしたんですか、このタコさんたち……！」

「いやなに、お前が寝たあとで色々あってな。ルゥと一緒にさくっと仕留めてやったんだ」

「そ、そうだったんですか……全然気付きませんでした」

「わう！」

「ふふ、ルゥちゃんもお疲れ様でした」

褒めて褒めてとせがむルゥの頭を撫でつつ、シャーロットはあたりを見回す。

そうして、こてんと首を傾げてみせた。

「それにしても……みなさん、なにを召し上がっていらっしゃるんでしょう？」

「あー……あれはだな」

砂浜には大勢の人々が集い、わいわいと料理を楽しんでいた。

湯気の立つ丸いもの。例の『タコ焼き』なる食べ物だ。

「クロフォード様ぁー！」

「おお、人魚どの」

そこであの人魚がにこにことやってくる。

そのままアレンの手を取って、振り回すような勢いで握手してみせた。

「本当にありがとうございました！　タコたちをまとめて退治いただけるなんて、何とお礼を申し上げればいいか……」

「いやいや、成り行きだし気にしないでくれ」

「そういうわけにはまいりません。つきましてはこちら……お礼の品です！」

「……やっぱりかー」

彼女がずいっと差し出すのはタコ焼きだ。

アレンがタコを仕留めたため、今現在急ピッチでタコ焼きの生産が進められ、海水浴客に無料でふるまわれているのだ。

そこでシャーロットが興味深そうにのぞき込んでくる。

「それってなんですか？　美味しそうな匂いがしますけど……」

「もちろんタコ焼きですよ～」

「た、タコですか⁉」

シャーロットは目を丸くしてみせる。

アレン同様、タコを食べるなんて考えたこともないのだろう。

だからまた丁重に断ろうとするのだが……。

「その、やっぱり俺たちは遠慮して――」

「いただきます！」

「は⁉」

シャーロットは躊躇《ためら》いなくタコ焼きを口へ運んだ。

しばしもぐもぐ慎重に噛み締めて……満面の笑みを見せる。

「熱いですけど……おいしいです！」

「ありがとうございます！　お口に合ってよかったですわ」

人魚は満足げにうなずいた。

その横で、アレンは目を丸くするしかない。

「勇気あるなあ……タコだぞ、それ」

「たしかにちょっとだけビックリしましたけど……」

シャーロットはタコ焼きをもぐもぐしてから、照れたようにはにかんでみせた。

「アレンさんみたいになるには、怖がってないでなんでも挑戦しなきゃと思いまして。だから勇気を出してみました！」

「……そうか」

「あっ、ルゥちゃんもいただきますか？　はい、どうぞ」

「わふ、がふがふ」

シャーロットに『あーん』してもらって、ルゥもタコ焼きを頬張ってみせる。

その光景を見守って、アレンは思わずしみじみしてしまう。

我が子の巣立ちに立ち会う親鳥のような心境だ。

（強くなったなあ……だが、そうなってくると、俺が教えられることもじきになくなってしまうのでは……？）

そう考えた途端、なぜか胸中がもやっとした。

しかしそれもすぐにあっさりと晴れてしまう。シャーロットが真新しい箱からタコ焼きをつまみ上げ、アレンの前に『あーん』と差し出してきたからだ。

「アレンさんもおひとついかがですか？　アレンさんもイケナイことを楽しみましょうよ！」

「……そうだな」

　それにアレンは小さく笑う。シャーロットに教えることを増やすには……アレンもまた、挑戦を続ければいい。しごく単純な話だった。

「あっ、気を付けてくださいませ。そちらは焼きたてなので、かなり熱く――」

　人魚が慌てるのにもかまわず、アレンはタコ焼きをぱくりといって――。

「あっっっっっつ!?」

「アレンさん!?　大丈夫ですか!?」

「わうー?」

　思いっきり噎《む》せてしまって、なんだか締まらない夏の思い出になった。

あとがき

初めてお目にかかります。ふか田さめたろうと申します。

エラ呼吸を会得して陸に上がり、胸びれでタイピングしている器用なさめです。

この度は本著『婚約破棄された令嬢を拾った俺が、イケナイことを教え込む（以下略）』をお手にとっていただけて大変うれしく思います。

本作は小説家になろう様において掲載していた作品となります。

こんなタイトルではありますが全力で健全かつ、ゆるい話となりますので、お色気展開を期待して手に取っていただいた方がいらっしゃいましたら大変申し訳なく思います。副題があるからセーフ……？

思いついた当初は『家を追い出された令嬢がイケナイことを楽しむ話』で、シャーロットが主人公でした。アレンは『イケナイことに詳しい悪い魔法使い』のサブポジション。それで少しだけ書き出したのですがしっくりせず……主役とサブを入れ替えて、今の形になりました。

それが思わぬご好評をいただき、こうして書籍化できる運びとなったわけです。

応援してくださった読者の方々には、この場を借りてお礼申し上げます。

そして書籍で初めましてとなりました読者の方々にも感謝を！　読んでくださる方がいて、初めて本は成立します。ご縁がありましたことを嬉しく思います。

また、イラストのみわべさくら先生にも謝辞を。表紙はもちろん大変盛りだくさんで超絶美麗ですし（小物まで芸が細かい！）作中イラストもみな表情豊かでとてもワクワクしました。ご多忙の中、本当にありがとうございました！

担当編集のK様にも感謝を。わざわざ打ち合わせで関西までご足労くださいましてありがとうございます。今後ともぜひともよろしくお願い致します！

そして本巻発売とほぼ同時に、コミカライズの方もコミックスPASH！のWEBサイトで連載開始となっております。

作画の桂イチホ先生がドタバタ賑やかに可愛く描いてくださっているので、ぜひぜひご覧くださいませ。作者ももはや作者目線ではなく一読者目線で楽しませていただいております。

それではまた二巻でお目にかかれましたら幸いです。

ふか田さめたろうでした。

ふか田さめたろう

Comic PASH!
PASH!発
完全無料のWEBコミックサイト
婚約破棄された無実の令嬢と人嫌い魔王の
めくるめくイケナイ毎日が始まる…!?
コミカライズ
3/26(木)より
連載スタート!
婚約破棄された令嬢を拾った俺が、
イケナイことを教え込む
～美味しいものを食べさせておしゃれをさせて、世界一幸せな少女にプロデュース！～
漫画 桂イチホ 原作 ふか田さめたろう キャラクター原案 みわべさくら
URL
https://comicpash.jp/
Twitter
@pashcomics

完全無料Webコミックサイト

Comic PASH!

URL
https://comicpash.jp/

Twitter
@pashcomics

「くま クマ 熊 ベアー」はじめ強力連載がズラリ!

神統記《テオゴニア》
【漫画】青山俊介 【原作】谷舞 司
【キャラクター原案】河野紘一郎（クラフタースタジオ）

北欧貴族と猛禽妻の雪国狩り暮らし
【漫画】白樺鹿夜
【原作】江本マシメサ
【キャラクター原案】あかねこ

オッサン(36)がアイドルになる話
【漫画】木野イチカ
【原作】もちだもちこ
【キャラクター原案】榊原瑞紀

異世界転生…されてねぇ!
【漫画】航島カズト
【原作】タンサン
【キャラクター原案】夕薙

地味な剣聖はそれでも最強です
【漫画】あっぺ
【原作】明石六郎
【キャラクター原案】シソ

くま クマ 熊 ベアー
【漫画】せるげい
【原作】くまなの
【キャラクター原案】029

他にも人気作品が多数連載中!

主婦と生活社 〒104-8357 東京都中央区京橋3-5-7 TEL.03-3563-5121 https://www.shufu.co.jp/

この本を読んでのご意見・ご感想・ファンレターをお待ちしております。
〈宛先〉　〒104-8357　東京都中央区京橋 3-5-7
　　　　（株）主婦と生活社　PASH！編集部
　　　　「ふか田さめたろう先生」係
※本書は「小説家になろう」（http://syosetu.com）に掲載されていたものを、改稿のうえ書籍化したものです。

PASH!ブックス

婚約破棄された令嬢を拾った俺が、イケナイことを教え込む
～美味しいものを食べさせておしゃれをさせて、世界一幸せな少女にプロデュース！～

2020年4月6日　1刷発行

著　者　ふか田さめたろう
編集人　春名 衛
発行人　倉次辰男
発行所　株式会社主婦と生活社
〒104-8357　東京都中央区京橋 3-5-7
03-3563-2180（編集）
03-3563-5121（販売）
03-3563-5125（生産）
ホームページ　https://www.shufu.co.jp
製版所　株式会社二葉企画
印刷所　太陽印刷工業株式会社
製本所　小泉製本株式会社
イラスト　みわべさくら
デザイン　文字モジ男
編集　黒田可菜

　ISBN978-4-391-15444-3